TEMPLE RUN

LA LOI DE LA JUNGLE

Publié pour la première fois en Grande-Bretagne en 2014 par Egmont
Publishing, The Yellow Building, 1 Nicholas Road, London, W11 4AN.
Illustration de couverture de Jacopo Camagni.
Illustrations de l'intérieur de Artful Doodlers.
Texte et illustrations © 2014 Imangi Studios, LLC.

© Hachette Livre, 2015.
Traduction : Jean-Noël Chatain.
Conception graphique du roman : Audrey Thierry.
Colorisation : Sandra Violeau.

Hachette Livre, 58, rue Jean Bleuzen, 92178 Vanves Cedex.

TEMPLE RUN

LA LOI DE LA JUNGLE

hachette
JEUNESSE

elle n'a pas vraiment l'air de savoir ce qu'elle fait.

– Ça vous ennuie si je tente le coup ? demandes-tu poliment.

Scarlett arque un sourcil.

– Tu sais piloter un hélico ?

L'idée ne semble pas trop lui plaire.

– Est-ce que c'est si difficile, au fond ?

Tu as passé suffisamment de temps sur ta console de jeux, après tout. L'équipement high-tech du cockpit devrait t'éviter de faire des bêtises. Les hélicoptères modernes volent quasiment tout seuls, non ?

Si tu préfères que Scarlett pilote l'hélicoptère, rends-toi au 9.

 Si tu tiens à piloter toi-même, va au 29.

Si tu préfères explorer les alentours dans l'espoir de découvrir le propriétaire de l'hélicoptère, va au 26.

Les choix

À chaque fin de chapitre, ce visuel t'indique où continuer ta lecture. S'il annonce « Va au 15 », tu devras chercher le chapitre 15 pour continuer ton aventure. Attention, parfois, plusieurs choix te sont proposés... À toi de faire le bon !

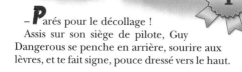

– **P**arés pour le décollage !

Assis sur son siège de pilote, Guy Dangerous se penche en arrière, sourire aux lèvres, et te fait signe, pouce dressé vers le haut.

Ça va être ta plus belle fête d'anniversaire ! Tu n'en reviens pas d'avoir une chance pareille : tu as gagné un week-end tous frais payés sur une plage privée, avec barbecue, chasse au trésor, jet-ski... Tu as hâte que ça commence ! Ce prix t'est uniquement réservé à toi ainsi qu'à cinq de tes plus proches amis.

D'ordinaire, comme ton anniversaire tombe pendant les vacances, tu le fêtes avec toute ta famille, mais, cette fois, les parents sont

Les chapitres

Pour repérer les chapitres, cherche les numéros comme celui-ci. Ils apparaissent en haut de page.

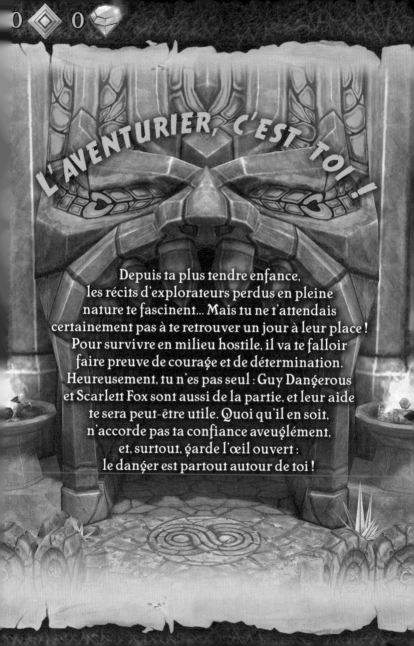

L'AVENTURIER, C'EST TOI !

Depuis ta plus tendre enfance,
les récits d'explorateurs perdus en pleine
nature te fascinent... Mais tu ne t'attendais
certainement pas à te retrouver un jour à leur place !
Pour survivre en milieu hostile, il va te falloir
faire preuve de courage et de détermination.
Heureusement, tu n'es pas seul : Guy Dangerous
et Scarlett Fox sont aussi de la partie, et leur aide
te sera peut-être utile. Quoi qu'il en soit,
n'accorde pas ta confiance aveuglément,
et, surtout, garde l'œil ouvert :
le danger est partout autour de toi !

TOUCH

TOUCH

GUY DANGEROUS

Cet aventurier généreux n'a pas froid aux yeux !
Avide de découvertes, Guy est prêt à prendre
tous les risques pour satisfaire sa curiosité.
Sa détermination à toute épreuve et sa débrouillardise
sont ses plus grandes qualités.

ABILITIES

Touch

POWERUPS

Touch

SCARLETT FOX

Intrépide et très organisée, Scarlett est une aventurière
chevronnée. Même dans les pires situations,
la jeune femme ne s'avoue jamais vaincue !
Et pour atteindre son but, elle n'hésite pas à se servir
de sa beauté ou à faire appel à la ruse...

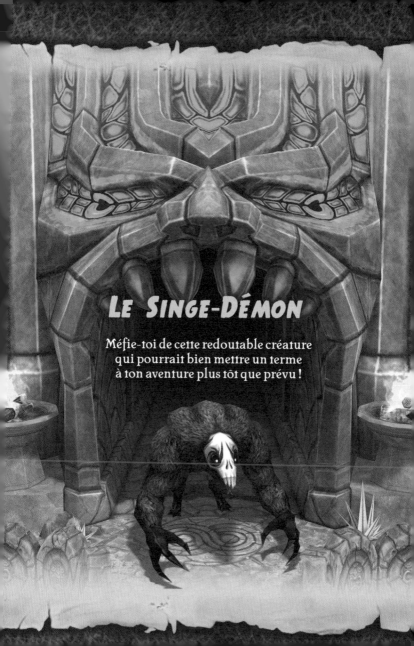

LE SINGE-DÉMON

Méfie-toi de cette redoutable créature
qui pourrait bien mettre un terme
à ton aventure plus tôt que prévu !

– **P**arés pour le décollage !

Assis sur son siège de pilote, Guy Dangerous se penche en arrière, sourire aux lèvres, et te fait signe, pouce dressé vers le haut.

Ça va être ta plus belle fête d'anniversaire ! Tu n'en reviens pas d'avoir une chance pareille : tu as gagné un week-end tous frais payés sur une plage privée, avec barbecue, chasse au trésor, jet-ski... Tu as hâte que ça commence ! Ce prix t'est uniquement réservé à toi ainsi qu'à cinq de tes plus proches amis.

D'ordinaire, comme ton anniversaire tombe pendant les vacances, tu le fêtes avec toute ta famille, mais, cette fois, les parents sont strictement interdits. Cette fois, tu vas vivre une *aventure* !

Tu parcours la lettre annonçant que tu as gagné le gros lot et les brochures en couleurs qui l'accompagnent en songeant aux moments formidables que tu vas vivre, une fois arrivé à destination.

– Attends ! s'écrie Scarlett Fox, assise à côté de toi. Je pense que notre invité a omis quelque chose.

Quoi ? Ah oui, bien sûr ! Dans ton enthousiasme, tu as oublié de boucler ta ceinture. *Clic !* C'est fait.

Scarlett hoche la tête et coche une dernière case sur sa check-list.

– Cinq sur cinq. Parés à décoller.

Guy chausse ses lunettes noires. Il actionne un interrupteur et *La Macarena* envahit la cabine.

– Merci d'avoir choisi Dangerous Airlines. Nous nous efforçons de *ne pas* être à la hauteur de notre nom, mais si vous devez vomir, veuillez, je vous prie, le faire sur vos genoux et non sur ceux de votre voisine...

– Guy, sois un ange et tais-toi, tu veux ? susurre Scarlett.

– Bien reçu !

Le moteur vrombit, l'avion prend de la vitesse, et ton estomac fait la culbute au moment où les roues quittent le sol.

Scarlett sort un ordinateur portable de son sac – combien de gadgets possède cette femme ? – et l'ouvre.

– J'envoie juste un e-mail à tes parents pour leur annoncer qu'on a décollé, t'annonce-t-elle. Ha ! Ha ! On dirait que tes invités aussi. Jusqu'ici tout va bien !

– Évite de nous porter la poisse, grogne Guy.

Scarlett referme son portable dans un claquement.

– Voilà ! C'est fait. Le monde extérieur n'entendra plus parler de nous avant un petit moment.

Scarlett Fox est la personne la plus organisée que tu aies jamais rencontrée. Les responsables du concours savaient ce qu'ils faisaient en choisissant cette Britannique rousse très futée comme animatrice. Elle a tout prévu en amont.

Quant à Guy Dangerous, ton pilote à la barbe de trois jours, il donne l'impression d'avoir enfilé ses rangers au saut du lit. Mais cet Américain blagueur connaît la nature, et c'est tout à fait ce qu'il te faut comme guide touristique. Tu as vu plusieurs épisodes de l'émission de téléréalité dont il était la vedette, *Tous les moyens sont bons*. Il y apprenait à des célébrités comment survivre dans une contrée sauvage. Tout le monde a vu la scène où il parvient à faire manger une chenille de douze centimètres à un mannequin. *Beurk !*

Tu espères seulement qu'il ne va pas prendre de risques inutiles, comme ceux qui ont provoqué son renvoi de l'émission... Mais tu n'imagines pas qu'il puisse s'attirer trop d'ennuis sur une plage de vacances. Peut-être qu'il tentera de trouver une pieuvre pour se battre avec elle, ou quelque chose dans le genre.

Les heures de vol s'écoulent sans problème. Tu joues à des tas de jeux sur ta tablette flambant neuve, qui fait partie du prix que tu as gagné. Guy fredonne, boit du café et plaisante avec toi. Scarlett vérifie et revérifie le contenu de son sac – kit de premiers secours, anti-moustiques, pistolet à fusées éclairantes – tout en suivant votre itinéraire sur un GPS connecté à son ordinateur portable. En ce moment même, l'avion survole un paysage vert émeraude.

Tu regardes par le hublot. Au-dessous, la jungle recouvre le sol comme une mousse épaisse. Des arbres géants la transpercent par endroits. Vous volez tellement bas que tu as l'impression de pouvoir toucher leurs feuilles.

– Hé, Scarlett ! Pourquoi as-tu apporté tout cet attirail, au juste ? Il y aura tout ce qu'il faut à Palomar Beach ! crie Guy pour couvrir le bruit des moteurs.

Scarlett plisse le nez.

– Mieux vaut être prévoyant ! On ne sait jamais ce qui peut arriver.

Guy ricane.

– Donne-moi une machette bien affûtée, et ça remplacera ton sac à malice en toutes circonstances !

Au même instant, tu entends un bruit bizarre et te redresses. Est-ce qu'un des moteurs ne vient pas de... euh... d'avoir *des ratés* ?

Peut-être que tu hallucines. Guy et Scarlett n'ont pas l'air d'avoir remarqué quoi que ce soit... ou alors ils font comme si de rien n'était.

– Hé, regarde ce panorama ! Tu vois les montagnes ?

Guy montre deux sommets en surplomb de la jungle.

– Les Cornes du Dieu endormi. C'est leur surnom local, précise Scarlett. On est à mi-chemin de Palomar Beach, les amis !

– Youpiiiii ! t'écries-tu en levant les bras en V.

C'est alors que les moteurs commencent à trembler.

L'espace d'une poignée d'horribles secondes, personne n'ose dire un mot. Puis tu entends la voix de Guy Dangerous :

– Oh nooon, c'est pas vrai !

– Qu'est-ce qui se passe ? hurles-tu.

– On perd de l'altitude ! répond-il en tapant sur le tableau de bord du plat de la main.

Scarlett te lance un regard.

– Je suis sûre qu'il n'y a pas lieu de s'inquiéter, dit-elle d'un ton désinvolte. Guy est un pro. Il peut gérer un petit hoquet comme ça. Pas vrai, Guy ?

Guy répond par un grognement. Entre-temps, les moteurs deviennent poussifs, comme sur le point de rendre l'âme.

– On a un problème, déclare enfin Guy. Un *gros* problème. Le tuyau d'arrivée de carburant a dû se rompre ou quelque chose comme ça, parce que... les réservoirs sont vides. On fait quasiment du vol plané.

– On peut se poser dans un aéroport ? demandes-tu.

– On ne pourra même pas finir de survoler cette jungle, petit.

Il ne plaisante pas.

– Quoi ? hurles-tu.

– Je sais, c'est dingue ! Les réservoirs étaient pleins au décollage.

– Tu as vérifié ? réplique Scarlett.

– Oui ! Enfin, j'en suis presque certain.

– Maintenant, tu es seulement « presque certain » ?! Est-ce que je dois toujours tout revérifier derrière toi ?

Guy bataille avec les commandes de l'avion. Il fait de son mieux pour stabiliser l'appareil, mais tu sais au fond de toi que vous n'arriverez pas à Palomar Beach avant longtemps. Peut-être jamais. Même le meilleur pilote du monde ne peut pas faire voler un avion sans carburant.

Par le hublot, la jungle semble un peu plus proche à présent. Les moteurs émettent un bruit de ferraille et une espèce de gargouillis comme s'ils s'étranglaient. Tu sais où se trouvent les parachutes de secours, grâce au briefing d'avant-vol de Scarlett, mais tu n'aurais jamais pensé devoir les utiliser.

– On descend, annonce Guy d'une voix lugubre. Cramponnez-vous !

Tu te dévisses le cou pour voir ce qui se passe dans le cockpit. L'aiguille du niveau de carburant est dans le rouge, et une lumière d'alerte clignote. Comment Guy a-t-il pu oublier un truc pareil ? Et pourquoi la vérification des réservoirs de carburant n'était-elle pas sur la check-list de Scarlett ?

Au-dehors, la jungle défile à toute vitesse, de si près que tu peux voir les feuillages. Ça suffit à te paralyser de peur. Si vous chutez encore, ces troncs d'arbres vont déchirer le bas de la carlingue.

– Je vais poser ce coucou au pied des ces montagnes, vous informe Guy. Inutile de vous mentir... On ne va pas atterrir en douceur.

Tu te mets aussitôt en position d'atterrissage forcé. Tu baisses la tête, enroules les bras autour des genoux, et espères que tout va bien se passer. À côté de toi, Scarlett fait la même chose. Elle a même préparé un coussin gonflable pour amortir l'impact. Cette femme a décidément tout prévu.

– Désolé, petit, dit Guy.

Il a l'air sincère.

Scarlett se met à brailler :

– Évite les excuses, espèce d'idiot ! Débrouille-toi pour qu'on atterrisse sains et saufs !

Un fracas assourdissant se produit. Tu as l'impression que tous tes os sont en miettes. L'avion heurte le sol, rebondit, touche de nouveau terre. Un crissement de tôle déchirée se fait entendre... L'une des ailes est arrachée du fuselage. Du verre brisé vole en éclats. Une forte odeur de carburant envahit la cabine. Puis tout devient noir...

 Va au 2...

– **H**é ! T'es réveillé !

Tu te redresses, un peu groggy. Tu te trouves au milieu d'une clairière rocheuse, entouré de débris. Votre avion – ou du moins ce qu'il en reste – ressemble à une épave mutilée, juste de l'autre côté du rideau d'arbres.

Tes bras et tes jambes sont endoloris, mais tu sais que tu as de la chance d'avoir survécu.

Guy te tend un gobelet rempli d'eau. Tu remarques le pansement autour de son crâne.

– Je me suis cogné contre le tableau de bord quand on a chuté, t'explique-t-il. Heureusement que j'ai la tête dure !

– Scarlett ? demandes-tu. Est-ce qu'elle... ?

– Elle va bien ! s'empresse-t-il de te répondre. Elle s'en est tirée sans une égratignure. Elle est plus solide qu'elle n'en a l'air, tu sais.

Au même instant, tu entends Scarlett pousser un petit cri étouffé. Elle sort en titubant des vestiges du cockpit et tient un boîtier que tu reconnais aussitôt : la radio.

– Je t'ai eue ! s'exclame Scarlett, tandis qu'elle se redresse et s'époussette. Elle ne voulait rien savoir, mais je l'ai matée. OK, voyons si elle fonctionne !

Tu ignores si la radio est cassée ou pas, mais

tout ce que la jeune femme peut en obtenir se limite à une sorte de chuintement strident.

Tandis qu'elle tripote l'engin en lâchant des jurons, tu demandes à Guy ce qui est arrivé au GPS et à l'ordi portable de Scarlett.

Guy se contente de pointer l'épave du doigt.

– Évite de la questionner. Elle est assez en pétard comme ça. Tu veux bien m'aider à sortir les fournitures et provisions d'urgence ?

Vous êtes bientôt tous les trois assis autour de ce qui vous reste.

Scarlett a réussi à sauver quelques gadgets. Elle fait le point sur la situation :

– OK. On a suffisamment d'eau pour trois, voire quatre jours. Des vivres pour une journée au mieux. On se trouve à des kilomètres de toute civilisation, à l'écart de toute voie aérienne connue, au beau milieu d'une jungle très dense, et le soleil se couche dans trois heures. Des questions ?

Tu en as une :

– Qu'est-ce qu'on peut faire ?

– Voilà qui me plaît ! Une attitude positive ! s'enthousiasme Guy avec un grand sourire.

– On se sépare et on prend des directions différentes, propose Scarlett.

Guy approuve :

– Le premier qui rejoint la civilisation peut envoyer des secours aux autres.

Tu regardes la jungle menaçante par-dessus ton épaule. D'épaisses lianes sont suspendues aux arbres comme d'énormes toiles d'araignées. Impossible de savoir ce qui rôde derrière ces gigantesques troncs. Tu repenses aux paroles de Scarlett et te demandes pourquoi vous n'avez pas emprunté un couloir aérien connu. Est-ce que les lignes régulières ont de bonnes raisons d'éviter cette jungle ? Guy a-t-il une fois de plus pris des risques en s'aventurant quelque part où il n'aurait pas dû voler ?

– En fait... peut-être que tu ne devrais pas partir seul, te dit Scarlett. Fais équipe avec moi ! C'est plus sûr.

– Ou avec *moi*, suggère Guy, les poings sur les hanches.

Que souhaites-tu faire ? À toi de décider ! Guy Dangerous adore prendre des risques. Mais c'est aussi un spécialiste réputé de la survie. Scarlett, en revanche, est super organisée et dispose d'un sac rempli de gadgets high-tech très utiles.

Mais bon... En partant chacun de votre côté, vous pouvez couvrir davantage de territoire. Tu es peut-être assez solide pour te débrouiller dans la jungle sans l'aide de quiconque. Guy et Scarlett sont certes adultes, mais ils ne t'ont pas franchement tenu à l'écart du danger, pas vrai ?

Pour faire équipe avec Guy, rends-toi au 27.

Pour accompagner Scarlett, rejoins le 21.

Si tu préfères faire cavalier seul, va au 42.

– **A**llez-y en premier ! dis-tu à Guy. Je vous attends ici.

Guy s'engage sur le pont et se met à courir. À mi-parcours, son pied passe au travers d'une des planches. Il se rattrape à temps – « Fais gaffe ! » dit-il – et repart en courant. Tu as un mauvais pressentiment.

Tu entends quelque chose grogner, s'ébrouer dans la jungle. Tu te figes sur place.

Il y a une espèce d'animal dans les parages. Tu entrevois sa forme massive entre les arbres. Qu'est-ce que c'est ? Trop grand pour être humain. Tu sens une mauvaise odeur, comme de la nourriture avariée.

– Hé ! Tu n'as rien à craindre. Rejoins-moi ! s'écrie Guy de l'autre côté du pont.

Dans la jungle, la créature se met de nouveau à grogner. À l'évidence, elle se rapproche. Il est temps de filer. Tu t'élances sur le pont.

Heureusement, il supporte ton poids. Certaines planches grincent, et l'une des cordes se rompt brusquement, mais tu parviens sans encombre de l'autre côté.

– Il y a une sorte de créature dans la jungle, annonces-tu à Guy.

– Tu as réussi à la voir ?

– Pas vraiment. Mais c'est gros, en tout cas.

Guy réfléchit un instant. Tu n'as pas le temps d'intervenir qu'il a déjà sorti sa machette et sectionne les cordes du pont. Celui-ci dégringole et se brise contre la falaise, de l'autre côté.

Tu ne dissimules pas ta surprise :

– Pourquoi avez-vous fait ça ?

– S'il y a une bestiole bizarre dans le coin, je n'ai pas envie qu'elle nous suive !

Tu lances un regard par-dessus ton épaule. Guy n'a pas tort. Le temps presse. Vous vous enfoncez dans la jungle en quête d'un signe quelconque de civilisation.

 File au 8.

Vlan ! Tu lâches la tyrolienne et atterris de l'autre côté en roulant sur toi-même. Scarlett te rejoint de la même manière.

– Tu vois ? Pas de quoi paniquer ! dit-elle dans un souffle.

Tu regardes un peu plus loin pour voir où conduit ce mystérieux chemin dallé. Il est envahi de broussailles et de fougères, mais tu parviens à découvrir qu'il mène à une volée de marches grimpant sur le flanc d'une espèce de construction.

– Je pense que c'est une bâtisse, expliques-tu à Scarlett.

– Le temple ? commente-t-elle, les yeux écarquillés, pleine d'enthousiasme.

Elle se met à courir et manque de trébucher sur un squelette étalé par terre, à moitié dissimulé par la végétation.

Tu lui emboîtes le pas. Au passage, tu constates que le squelette est, heureusement, celui d'un animal – une chèvre ou un mouton. C'est drôle, mais Scarlett y a tout juste jeté un coup d'œil.

Tu gravis les marches en pierre et réalises que tu montes le long d'une tour plate et basse, aussi vaste qu'un terrain de foot. Elle devait faire autrefois partie des remparts d'une cité.

Ce que tu vois ensuite te fait t'arrêter net. Scarlett contemple également la scène. Un hélicoptère stationne sur la surface plane en pierre. L'appareil noir et rutilant semble coûter très cher. Sur la queue sont écrits les mots :

ZACK WONDER
ENTERPRISES INTERNATIONAL

– Zack Wonder ? Comme le footballeur américain hyperconnu ? t'étonnes-tu.

– Qui d'autre pourrait s'offrir un engin pareil ? réplique Scarlett en lançant des regards furtifs ici et là. C'est son hélico perso. Alors il se trouve forcément dans les parages ! Mais je me demande bien *pourquoi*.

Personne aux alentours. Ni pilote ni propriétaire... Personne.

– On pourrait décoller d'ici avec l'hélico, suggères-tu. On est *coincés*, après tout.

– Voyons voir...

Scarlett tripote la clé électronique, tout en poussant et en donnant des petits coups avec des outils sortis de son sac. Finalement, elle parvient à faire démarrer le moteur. Pour la première fois depuis que tu l'as rencontrée, elle n'a pas vraiment l'air de savoir ce qu'elle fait.

– Ça vous ennuie si je tente le coup ? demandes-tu poliment.

Scarlett arque un sourcil.

– Tu sais piloter un hélico ?

L'idée ne semble pas trop lui plaire.

– Est-ce que c'est si difficile, au fond ?

Tu as passé suffisamment de temps sur ta console de jeux, après tout. L'équipement high-tech du cockpit devrait t'éviter de faire des bêtises. Les hélicoptères modernes volent quasiment tout seuls, non ?

Si tu préfères que Scarlett pilote l'héli-coptère, rends-toi au 9.

 Si tu tiens à piloter toi-même, va au 29.

Si tu préfères explorer les alentours dans l'espoir de découvrir le propriétaire de l'hélicoptère, va au 26.

– **W**aouh ! Quelle vue ! s'exclame Guy, impressionné.

Le chemin vous a conduits au bord d'un ravin, où la jungle descend à pic de part et d'autre. Tout en bas, un torrent coule sur des rochers coupants. Un pont de corde enjambe les deux rives. À l'autre bout, un petit arbre mort se dresse en surplomb du précipice, et ses branches pendillent dans le vide.

Tu n'en es pas certain, mais tu penses entrevoir des tentes ou des cabanes à travers les arbres, de l'autre côté. Si seulement tu avais

des jumelles ! Scarlett, où qu'elle soit en ce moment même, a dû en emporter une paire dans son sac à malices.

Tu observes de plus près ce pont de corde. *Gloups !* Cette passerelle étroite, qui se balance au-dessus du ravin, est assez effrayante. Plus tu la regardes, plus tu te demandes de quelle époque elle peut dater. Elle n'est pas en parfait état. Certaines planches manquent, et les vieilles cordes semblent aussi solides que du fil dentaire.

Avant que tu puisses l'arrêter, Guy Dangerous s'est déjà lancé à l'assaut du pont !

– Guy ! Attendez !

– C'est quoi, le problème ? réplique-t-il en levant les mains.

Le pont grince de façon inquiétante sous son poids...

Tu pourrais traverser le pont avec Guy. L'union fait la force, comme on dit... Rends-toi au 6.

 Ou bien tu pourrais attendre que Guy passe en premier, avant de l'emprunter toi-même. Va au 3.

Si tu préfères rebrousser chemin dans la jungle, va au 17.

– **P**ar sécurité, on devrait traverser ensemble, suggères-tu.

Tu t'engages sur le pont, juste derrière Guy. Tu te cramponnes aux cordes pour garder l'équilibre. Un pas après l'autre, tu t'éloignes du bord et traverses l'effroyable précipice. Chaque rafale de vent fait tanguer la passerelle... et ton estomac.

– Doucement ! Détends-toi, tu te débrouilles bien ! t'encourage Guy.

Ces vieilles planches érodées n'ont pas l'air solides du tout. Sous ton poids, l'une d'elles se brise en deux comme une brindille sèche. Tu te rattrapes tant bien que mal à la balustrade en corde, mais la seule vue des morceaux de bois qui chutent dans le torrent en contrebas te donne des sueurs froides.

– Tout va bien ! lances-tu à Guy, qui te regarde avec un air inquiet.

L'instant d'après, un léger grincement attire ton attention. Une corde se rompt, puis une autre. Le pont s'affaisse de manière alarmante.

Il est en train de céder ! *Cette vieille passerelle n'est plus assez résistante pour soutenir deux personnes à la fois*, songes-tu, paniqué.

– Cours ! hurle Guy.

Tu sens le pont se détacher de ses ancrages, et tu piques un sprint désespéré pour rejoindre l'autre rive. Sous tes pieds, les lattes de bois tanguent comme un bateau dans la tempête et menacent de te projeter dans le vide.

Devant toi, Guy saute du pont qui s'effondre et se rattrape au vol à l'une des branches de l'arbre mort. Il se tourne et te tend la main.

– Fais-moi confiance, je ne te laisserai pas tomber ! crie-t-il.

Le pont commence à se dérober, à mesure que ses derniers ancrages lâchent. Tu n'as qu'une poignée de secondes pour te décider.

 Pour sauter du pont et tenter d'attraper la main tendue de Guy, rends-toi au **7**.

Si tu préfères te cramponner à la balustrade en corde en espérant que tout se passe au mieux, va au **11**.

Tu attrapes la main de Guy. L'espace d'une épouvantable seconde, tu te balances au-dessus d'un précipice vertigineux. Tu observes les vestiges du pont qui chutent et s'écrasent dans les remous. La branche de l'arbre gémit sous ton poids. Tu entends des cailloux s'entrechoquer, tandis que les racines de l'arbre commencent à se déterrer.

– Dépêche-toi, petit ! s'exclame Guy. Tu vas devoir grimper sur moi, puis sur l'arbre. Ce ne sera pas très distingué, mais c'est notre seule chance.

Tu réalises qu'il dit vrai. Il n'y a pas d'autre choix. Tu te hisses par-dessus Guy en l'utilisant comme une échelle de corde. Bientôt, tu te retrouves suspendu à l'arbre, avec tes pieds sur les épaules de Guy. Il reste stoïque et ne lâche même pas un juron quand tu lui marches sur la tête par mégarde.

– Désolé ! bredouilles-tu.

– Euh... j'ai connu pire.

Puis, à ta grande surprise, il pouffe :

– Dépêche-toi ! Il y a un mille-pattes ou je ne sais quoi qui rampe sur mon bras. Ça me chatouille ! Je ne peux pas tenir...

Tu accélères le mouvement. Tu t'accroches à une branche supérieure, te hisses, te balances, puis atterris à plat ventre, sain et sauf, au bord de la falaise. Pas le temps de fêter ton exploit. À califourchon sur le tronc de l'arbre, tu tends la main pour aider Guy à remonter.

Guy ouvre sa chemise. Tu le regardes, sidéré. Une araignée de la taille d'une soucoupe lui grimpe sur la poitrine.

Il se contente de hausser les épaules, puis il la prend au creux de la main et la libère en la posant à terre.

– Adorable petite bestiole !

Tu restes abasourdi.

– Cette espèce est mortelle, non ?

– Non, répond Guy. Mais tout à fait comestible. Surtout les pattes, croustillantes à souhait !

Tu te demandes si Guy ne se réjouit pas de cette situation encore plus qu'il ne le montre. Ensemble, vous quittez ce qu'il reste du pont pour vous enfoncer dans la jungle, vers des silhouettes qui ressemblent à des tentes ou des cabanes.

Continue au 8.

*G*uy et toi courez le long d'une piste qui mène à une clairière. Vous y découvrez cinq ou six cabanes rudimentaires, chacune ornée de toiles bariolées. Des gens vivent ici, c'est certain ! Tu sens d'ailleurs une odeur de cuisine, forte et épicée. Aucun véhicule dans les parages, mais tu vois pourtant des traces de pneus.

– Hé ! hurle Guy. Y a quelqu'un ?

Tu lèves les yeux au ciel. Pour l'effet de surprise, c'est raté.

Une porte aux couleurs bigarrées s'ouvre, et un vieil homme au ventre rebondi sort tranquillement. Sa barbe grise et ses lunettes lui donnent des allures de Père Noël, sauf qu'il porte un bandeau autour de la tête et un short de plage.

– Hé, pas la peine de brailler comme ça, mon pote ! dit-il d'une voix traînante. Tu troubles le calme de la forêt, tu sais ?

– Notre avion s'est écrasé, expliques-tu. On essaye de retrouver la civilisation.

Le vieux bonhomme se met à glousser.

– Je rêve ! Les copains et moi, on est venus s'installer ici voilà vingt ans pour *fuir* la civilisa-tion, justement !

Comme il a l'air sympathique, tu te mets à discuter avec lui. Franklin – c'est son nom – n'a pas de téléphone, de radio ou n'importe quel autre moyen de contacter le monde extérieur. La technologie, ce n'est pas franchement leur fort à ces gars. Le seul truc moderne qu'ils possèdent, c'est un pick-up, qui leur permet d'effectuer les 160 km vers la ville la plus proche pour s'approvisionner une fois par semaine. Et c'est précisément là-bas que sont partis ses copains.

– Alors vous pourrez nous déposer quelque part avec votre camionnette ? lui demandes-tu.

– Pas de problème. Elle sera de retour dans... trois jours, probablement.

Trois jours ? D'ici là, ta fête d'anniversaire sera finie depuis belle lurette !

– En attendant, détendez-vous et venez partager mon ragoût de lézard ! suggère Franklin. C'est de la cuisine bio, disons.

L'endroit n'impressionne pas Guy le moins du monde.

– Ils font tout de travers ! te confie-t-il en colère, une fois que Franklin est parti faire une sieste. S'ils posaient un bon récupérateur d'eau de pluie, quelques pièges pour attraper de la viande fraîche, ils n'auraient pas besoin d'aller se ravitailler en ville.

– J'ai l'impression que vous avez envie de rester pour leur expliquer comment faire, dis-tu.

– Ça se pourrait bien, répond Guy en se grattant le menton. Je ne vois pas pourquoi on aurait besoin d'aller plus loin.

Guy est peut-être dans son élément, mais manger du ragoût de lézard et apprendre à de vieux hippies à se débrouiller dans la nature, ce n'est pas ce que tu avais prévu pour ton anniversaire ! En tout cas, tu as la promesse d'être ramené en voiture d'ici trois jours. Trois longs jours malodorants...

 Tu veux rester avec Guy et Franklin en attendant le retour du pick-up ? Peut-être même faire un somme ? Rends-toi au 13.

Si tu es impatient, tu peux toujours t'éclipser en solo. Dans ce cas, va au 65.

Scarlett soupire.

– Je déteste dire ça, mais j'aimerais que Guy soit là. Il est meilleur avec les hélicos. Oh, et puis zut ! Voyons si mon entraînement de base me revient en tête !

Un peu nerveux, tu t'installes à côté d'elle. Scarlett enclenche les rotors et se débrouille pour décoller tant bien que mal. Tu te cramponnes au siège, tandis qu'elle marmonne pour elle-même :

– Surveille ton rotor anti-couple, Scarlett, fais gaffe...

Le moteur chantonne. Les rotors vrombissent. Avec grâce, tel un immense condor qui prend son envol, l'hélicoptère bascule lentement, se déplace latéralement pendant trois secondes... puis s'écrase contre un arbre.

Apparemment, piloter un hélico n'est pas aussi simple que Scarlett l'espérait. La boule de feu est visible à des kilomètres à la ronde. *Miam !* Tu feras un explorateur bien croustillant !

FIN

File au 2 pour retenter l'aventure !

– **V**enez, Guy ! Il faut qu'on avance. Laissez ces serpents tranquilles !

Guy a l'air triste, mais il obtempère. Vous repartez en petites foulées.

Ce chemin dallé semble interminable. Au bout d'un petit moment, tu passes devant un arbre qui te paraît familier. Tu te demandes brusquement si cette voie ne forme pas un énorme cercle, si bien que vous allez continuer de courir encore et encore sans jamais parvenir en un lieu sûr. C'est une idée effrayante.

Au bout de deux ou trois heures de course, entrecoupée de pauses pour vous désaltérer, tu es épuisé.

Guy commence lui aussi à faiblir.

– On va devoir bivouaquer pour la nuit, annonce-t-il. Qu'est-ce qu'on doit faire en premier ?

Tu réalises qu'il teste tes capacités de survie.

– Allumer un feu ?

– Dans le mille ! Va voir si tu trouves du bois sec à brûler. Je vais nous déblayer un coin pour dormir.

C'est l'occasion idéale pour t'échapper ! Tu t'éclipses sur le chemin, en faisant mine de chercher du bois, jusqu'à ce que Guy disparaisse de ton champ visuel.

Finalement, te voilà livré à toi-même. Tu te retrouves dans une jungle ténébreuse, cerné par des bruits étranges, mais au moins tu n'es plus accompagné d'un amateur de sensations fortes qui risque de te mettre à nouveau dans le pétrin. Tu regardes les étoiles pour essayer de te repérer... C'est alors que tu entends Guy crier ton nom.

– Hé ! Où es-tu passé ? Ne bouge pas, OK ? Tu n'as rien à craindre ! Je viens te chercher !

Génial ! Guy Dangerous, l'aventurier au grand cœur pense que tu t'es égaré et il vient à ton secours. Tu te sens un peu gêné d'avoir voulu le semer. Tu devrais peut-être faire semblant d'être *perdu* et le rejoindre.

Si tu souhaites laisser Guy te retrouver, rends-toi au 19.

Si tu as pris ta décision et que tu préfères partir seul en exploration, va au 65.

Tu ignores les cris de Guy et te cramponnes à la corde, dans l'espoir de ne pas tomber.

Le pont brisé bascule dans le vide et s'écrase contre la falaise avec la puissance d'un boulet de démolition. Des éclats de bois et de pierre volent de tous côtés. Tu as le souffle coupé sous l'impact, mais parviens néanmoins à t'accrocher.

Malheureusement, même si tu tiens bon, la corde se détache de son point d'ancrage. Tu lèves des yeux horrifiés sur le bout de corde qui lâche.

La dernière chose que tu entends, c'est le « Nooooon ! » de Guy Dangerous, alors que tu plonges dans le vide en t'éloignant de sa main, toujours tendue, et t'écrases contre les rochers. Au moins, tu meurs sur le coup, et pas dans d'atroces souffrances !

FIN

File au 2 pour
retenter l'aventure !

– **H**é ! s'écrie Guy en poussant son bâton. C'est un nid de serpents ! Si seulement j'avais quelque chose pour les nourrir !

Ras le bol ! songes-tu. Des serpents ? Tu détestes les serpents ! Il faut que tu t'éloignes de Guy Dangerous, qui va finir par vous faire tuer à cause de ses bêtises ! Soit tu attends la tombée de la nuit pour filer, soit tu pars tout de suite en courant sans te retourner, dans l'espoir que le nid de serpents détournera son attention.

Si tu t'éclipses maintenant pendant que Guy joue avec son bâton, rends-toi au 65.

Si tu préfères attendre la nuit, va au 10.

Tu te réveilles en sursaut. Guy te donne des petits coups de coude dans les côtes.

– Il faut qu'on file d'ici *tout de suite* !

Tu es dans une des cabanes de hippie. Il fait sombre, et ça empeste la vieille chaussette moisie. Guy te fait signe de le rejoindre devant la fenêtre.

À l'extérieur, Franklin construit quelque chose en chantonnant. Tu distingues deux poteaux avec des entraves en corde. Tu recules, épouvanté, en comprenant qu'ils vous sont destinés à ton compagnon et toi !

– Écoute, dit Guy.

Tu tends l'oreille et entends Franklin déclarer :

– Ô toi, Esprit des ténèbres de la jungle, nous allons bien te nourrir ce soir... Ô toi, Grand rôdeur, nous allons bientôt t'offrir de la viande fraîche...

– Il va nous sacrifier ? Il est fou ! t'exclames-tu.

– Ça fait si longtemps qu'il vit ici qu'il a perdu la tête, commente Guy. Je doute que ce pick-up revienne un jour. Peut-être que les autres lui ont faussé compagnie. À moins que...

Guy n'a pas le temps de finir sa phrase. *Peut-être qu'ils ont aussi fini en offrandes sacrificielles !* songes-tu.

Tu te demandes qui peut bien être « l'Esprit des ténèbres de la jungle ». Ça fait un petit moment que tu sens une présence rôder parmi les arbres.

Tu essayes d'ouvrir la porte. Elle est condamnée de l'extérieur.

– Recule ! t'ordonne Guy.

Il se rue sur la porte, se jette contre elle et tombe à la renverse avec une grimace de douleur. Au-dehors, Franklin entend le bruit et secoue la tête en gloussant. Tu cherches autour de toi une meilleure sortie. Heureusement, comme tu es plus petit que Guy, tu peux te faufiler par la fenêtre. Ensuite, tu ouvres rapidement la porte et libères Guy.

Franklin frappe sur un tambour.

– Esprit des ténèbres, rejoins-moi !

Guy et toi tournez les talons et partez en courant, juste au moment où une créature énorme surgit d'entre les arbres en rugissant...

 Continue de courir jusqu'au 17.

*T*u cours le long de la rivière, à la recherche d'une forme de civilisation.
Tu sautes par-dessus les rochers et te faufiles sous les branches d'arbres en surplomb. Tu n'as peur de rien. Tu te demandes comment Guy et Scarlett se débrouillent, où ils sont. Et dire qu'ils s'inquiétaient de ta capacité à survivre seul dans la nature !

Le torrent se transforme en une vaste cascade qui se déverse dans un grand lac entouré d'arbres. Tu descends avec précaution le long des rochers moussus. Le soleil forme des arcs-en-ciel dans la bruine de la chute d'eau.

Au milieu du plan d'eau se dresse une île avec une statue de grenouille. Les moustiques bourdonnent dans les airs. Dans ta tête, tu surnommes l'endroit « les chutes de la Grenouille » et te demandes si quelqu'un l'a déjà fait avant toi.

Tu t'assois au bord du lac. C'est paisible ici et, pour la première fois aujourd'hui, tu cesses de te faire du souci pour ta fête d'anniversaire.

 Tu devrais peut-être en profiter pour te reposer avant de repartir ? Si tu le souhaites, rends-toi au 50.

Tu aperçois une grotte derrière la cascade. Pour aller l'explorer, va au 35.

Le jour se lève. Tu te réveilles et découvres que Guy a déjà préparé ton petit déjeuner. Bizarrement, il s'est débrouillé pour trouver des œufs.

– J'ai grimpé sur un arbre et je les ai dénichés là-haut, explique-t-il, comme si de rien était. Tu en veux, Smith ?

– J'ai déjà mangé, répond Montana en se caressant l'estomac. Je me suis harponné un poisson avant que tu te lèves.

– Un poisson ?

– Dans la rivière, par là-bas. Et ta gourde, elle tient le coup ?

Ces deux-là te font sourire : ils se comportent comme deux frères qui se chamaillent. À mesure que la journée avance et que vous marchez ensemble dans la jungle, tu as l'impression que vous formez presque une famille.

Vous ne retrouvez pas la civilisation le deuxième jour. Pas plus que le troisième ou le quatrième. Mais tu en apprends plus sur la vie sauvage que tu ne l'aurais jamais imaginé. Tu te sens en meilleure forme et plus robuste qu'avant.

À la fin de ta première semaine dans la jungle, tu prends conscience que tu n'es plus vraiment pressé de t'en aller, finalement. Tu vis comme les gens vivaient des années plus tôt, à l'époque de la Conquête de l'Ouest... sur laquelle Montana semble en connaître un rayon.

Tu envoies à tes parents une carte postale pour leur annoncer que tu ne rentreras pas. Tôt ou tard, ils enverront sans doute une équipe de secours à ta recherche, mais pour l'instant tu es heureux avec Guy et Montana. *Adios* !

FIN
File au 2 pour retenter l'aventure !

*T*u parviens rapidement à un objet bariolé. C'est une caisse d'emballage, posée dans le sous-bois. Tu reconnais le logo : *Barres énergétiques ZingyDing*. Le couvercle a basculé, et tu découvres des centaines de barres chocolatées à l'emballage étincelant à l'intérieur.

– Qu'est-ce que ça peut bien fabriquer ici ? s'énerve Scarlett. C'est... c'est impossible !

Peut-être que c'est tombé d'un avion, songes-tu. *Non... la caisse se serait fracassée. D'un camion, alors ? Mais qui voudrait s'aventurer en pleine jungle ?*

– Une chose est sûre : d'autres personnes vivent ici, dis-tu.

– Tu n'as pas tort, admet Scarlett en désignant l'autocollant sur la caisse, où est inscrit : *LE LOUP AFFAMÉ - Restauration.*

– Je pense que c'est un traiteur qui travaille avec des sociétés de production. Quelqu'un tourne un film dans le coin, ajoute-t-elle.

Tu es si soulagé que tu en as le vertige.

– On doit les retrouver ! Continuons à courir ! Scarlett acquiesce.

– Et faisons des réserves de barres chocolatées, tant qu'à faire. Premiers arrivés, premiers servis !

 File au 26.

Guy et toi courez le long du chemin dallé, sous une voûte de branches feuillues. La pierre s'effrite par endroits, mais tu parviens à sauter par-dessus les éboulis, et tu continues à courir.

– C'est génial d'être en plein air et de faire de l'exercice, pas vrai ? C'est mieux que d'être coincé chez soi derrière un ordinateur, hein ? te demande Guy en haletant sous l'effort.

Il semble plutôt calme, après l'épreuve que vous venez de traverser. Peut-être qu'il a réellement des nerfs d'acier, comme il a coutume de le dire à la télé.

– C'était *quoi* cet endroit, autrefois ? t'interroges-tu à voix haute. Je n'ai jamais entendu parler de ruines pareilles.

Guy hausse les épaules.

– J'imagine que celui qui a construit ce lieu aimait les longues routes rectilignes. Peut-être que ça faisait partie d'un rituel.

Du fin fond de la jungle, loin derrière toi, tu entends gronder. On dirait le râle d'une bête affamée.

– C'est quoi, ce bruit ?

– Oh, sans doute un lynx, répond Guy, pas vraiment convaincu. Tu ne peux pas sursauter au moindre bruit si tu veux survivre dans la jungle, tu sais.

– Je crois bien qu'on est suivis, dis-tu.

Derrière vous, sur le chemin, on entend un gros fracas. La chose qui vous suit vient carrément d'écraser un arbre entier pour se frayer un passage ! Guy n'a pas l'air de prendre ça au sérieux.

Tu accélères un peu, bondis par-dessus un tas de gravats, et aperçois tout à coup une silhouette affreuse un peu plus loin. Ça ressemble à une statue de gorille, avec de gros bras musclés, une patte griffue levée, et une tête évoquant un crâne déformé. Une lézarde béante traverse le bloc de pierre sur lequel repose la statue.

Guy s'arrête juste devant.

– Trop cool ! s'exclame-t-il.

Tu jettes un coup d'œil derrière toi. Des oiseaux s'envolent en poussant des cris affolés, tandis que la créature qui vous suit défonce les arbres sur son passage.

– Guy, il faut qu'on bouge !

– Je me demande ce que représente cette statue ? On dirait Krong, dieu du chaos Damu-Baku, mais en plus moche.

Pour l'heure, la mythologie de la jungle n'est pas ta priorité. Tu dois fuir les lieux, et sans tarder ! Guy joue les touristes et te ralentis. Et puis cette statue te donne la chair de poule. Cet endroit a l'air bizarre... comme hanté. Et si votre atterrissage en catastrophe n'était pas une coïncidence ?

À présent Guy a déniché un bâton et le pousse dans la fissure.

– Je pense qu'il y a quelque chose de vivant là-dedans.

Un sifflement rageur provient alors de l'intérieur du bloc de pierre.

Tu t'impatientes. Guy Dangerous est peut-être sympa, mais tu commences à comprendre pourquoi il s'est fait virer de son émission de téléréalité.

 Si tu en as assez de la compagnie de Guy et souhaites faire cavalier seul, rends-toi au 12.

Si tu choisis de rester avec Guy, va au 19.

– **O**n doit sauver Zack ! hurles-tu.

Mais Scarlett est déjà partie. Tu n'as pas le temps de battre des paupières qu'elle fonce sur le monstre. Tu sais d'ores et déjà comment tout ça va se terminer, mais c'est comme dans un cauchemar : impossible de détourner les yeux.

– Éloigne-toi de lui !

Comme dans les films fantastiques, Scarlett pousse un cri strident de sorcière qui passe à l'attaque. Elle se lance à l'assaut du monstre en visant son dos et lui flanque un coup de pied impeccablement placé.

Le monstre valse dans les airs en gesticulant, puis atterrit au beau milieu du chemin. Il roule sur lui-même et lève les yeux sur Scarlett.

Des voix furieuses se mettent à brailler derrière toi :

– Coupez ! COUPEZ !

Un peu plus loin, Zack Wonder s'arrête.

– C'est quoi le problème, cette fois ? Le micro-tige apparaît encore dans le champ ?

Un petit homme potelé arrive en courant. Il peste contre Scarlett.

– Cette espèce de folle vient d'attaquer Jimmy !

Assis par terre, le monstre se redresse et enlève son masque... Il s'agit d'un jeune homme passablement mal en point.

– Ça fait mal, m'dame...

Scarlett tombe à genoux.

– Oh là là ! Je suis désolée, je croyais que...

– Que c'était un vrai monstre ? tempête le petit bonhomme tout rond. Vous êtes une imbécile ! On essaye de tourner une pub pour des chaussures de course, figurez-vous !

Ce gars doit être le réalisateur. Il claque des doigts, et un homme en costume s'approche, l'air grave.

– Vous vous retrouvez avec un procès sur les bras, mademoiselle, dit-il.

Les autres membres de l'équipe de tournage – cameramen, ingénieurs du son, techniciens – vous rejoignent, agacés. Tu tends l'oreille et comprends alors que Zack était censé fuir un monstre effrayant dans la jungle. C'est *ça* ce qu'ils appellent une bonne publicité ? Peut-être qu'ils prévoyaient de l'améliorer ensuite sur ordinateur avec des images de synthèse.

Au bout du compte, Zack s'interpose et calme tout le monde :

– Cette jeune femme tentait de me sauver la vie, alors tâchons de ne pas nous montrer trop durs avec elle, OK ?

– Merci, Zack, déclare Scarlett dans un sourire, tout en rougissant.

 Rends-toi au 34 pour connaître la suite.

Beaucoup, beaucoup plus tard, tu es assis autour du feu de camp, en face de Guy. Tu es épuisé, mais tu n'as pas franchement envie de dormir. Des tas de bruits effrayants résonnent dans la jungle alentour, et tu crois sans cesse voir des formes remuer dans l'ombre.

– Si seulement j'avais ma guitare... Rien de tel que de chanter ensemble pour passer la soirée, dit Guy en attisant le feu de la pointe de sa botte.

L'instant d'après, tu aperçois une silhouette dans la pénombre, qui sort de la jungle et s'approche de ton compagnon en silence.

– Guy ! Derrière vous !

– Hein ? Qu'est-ce que...

– Z'avez de la chance que je ne sois pas un bandit ou un de ces cinglés qui vénèrent les singes ! Sinon je vous aurais déjà fait la

peau à tous les deux, lâche une voix bourrue.

L'homme – tu vois bien que c'en est un à présent – s'accroupit auprès de votre feu de camp. Il est couvert de poussière, porte un chapeau et une chemise, et sa barbe est encore moins bien soignée que celle de Guy.

– Naaan... je savais que vous étiez là, réplique Guy sur un ton désinvolte. Si vous aviez tenté quoi que ce soit, je vous aurais liquidé.

– Avec ça ? ricane son interlocuteur.

Il lance la machette de Guy devant lui. Tu te demandes comment il a pu la lui subtiliser à son insu.

– Non, gros malin, avec ça ! riposte Guy en brandissant les poings. Mais, bon sang, vous êtes qui, au juste ?

L'homme effleure le bord de son chapeau et t'adresse un sourire narquois.

– Je m'appelle Smith. Montana Smith. Explorateur.

Guy éclate de rire et n'en croit pas ses yeux ou ses oreilles.

– Le deuxième explorateur le plus célèbre de tous les temps ?

– Lui-même !

– J'imagine que vous avez dû vous perdre comme un pingouin en plein désert, alors.

Vous avez eu de la chance de tomber sur nous.

Guy crache dans les flammes. Le feu crépite.

Tu veux en savoir plus :

– Qu'est-ce qui vous amène dans la jungle ?

– Des reliques, répond Montana Smith en tapotant du poing les dalles de pierre au-dessous de vous. On se trouve dans les ruines d'une cité qui n'est mentionnée dans aucun livre d'histoire. Il existe ici des richesses que personne n'a jamais vues depuis l'arrivée de Cortés.

La voix de Montana est rocailleuse comme du gravier. Il te parle des chemins dallés qui sillonnent la jungle, tandis que Guy récupère sa machette et se met à tailler des bouts de bois en piquets bien affûtés.

– Pour fabriquer des pièges, explique-t-il enfin.

– Des pièges ? se moque Montana. T'es trop trouillard pour chasser avec des lances, mon pote ?

– On pourrait peut-être faire une petite partie de chasse demain ? suggère Guy. On verra bien qui de nous deux rapporte le plus de viande. Ça te va, cow-boy ?

Montana s'allonge par terre et ramène son chapeau sur ses yeux.

– Sans problème. Tâchons de piquer un somme, petit ! Ton... euh... *ami* ici présent peut se charger du premier tour de garde.

– Abruti, marmonne Guy, avant de balancer un pieu à moitié taillé par-dessus son épaule.

Tu t'allonges et fermes les yeux, mais ton esprit entre en ébullition. Tu dois fuir cette jungle, retrouver la civilisation et ta fête d'anniversaire. Tu as l'impression que la principale préoccupation de Montana Smith et de Guy Dangerous, c'est de prouver qu'ils peuvent survivre en pleine nature ! Tu pourrais sans doute apprendre des tas de choses en restant avec eux, mais tu risques d'être coincé ici un petit moment.

Sans compter qu'ils transforment tout ça en compétition. Quand viendra ton tour de monter la garde, tu pourrais t'éclipser et les laisser à leurs rivalités de baroudeurs.

 Si tu veux rester avec Montana et Guy, va au 15.

Si tu préfères t'éclipser pendant que tu en as l'occasion, rends-toi au 65.

Tu as tout juste le temps de faire quelques pas que Zack Wonder, le footballeur américain mondialement célèbre, déboule sur le chemin dallé. Une équipe de tournage le suit et filme tout ce qu'il fait.

Il te plaque sans réfléchir – tu es un obstacle inattendu sur son parcours, après tout – et vous faites tous les deux une roulade hors du chemin.

Malheureusement, la science ignore encore une partie de la flore de cette jungle. Il existe ici certaines pousses de dionée attrape-mouche capables d'avaler un cheval ! Zack et toi dégringolez directement dans la bouche verte et béante d'une énorme plante carnivore.

La dernière chose que tu vois, ce sont les mâchoires de la plante qui se referment au-dessus de ta tête. La dernière chose que tu entends, c'est Zack Wonder qui déverse un torrent d'injures qu'on ne diffuserait jamais sur une chaîne nationale.

La mauvaise nouvelle, c'est que vous êtes morts tous les deux : la bonne, c'est que les caméras tournent encore, et tu deviens la star de la vidéo virale la plus vue sur Internet !

FIN

File au 2 pour retenter l'aventure !

– **B**on choix ! te félicite Scarlett.

Tiens ! Prends ça, au cas où on serait séparés !

Elle sort une boussole de son sac et te la tend.

N'oublie pas que tu as cet instrument. C'est important.

– Tu sais, l'homme primitif se débrouillait très bien sans tous ces gadgets, commente Guy.

– Eh bien, si l'homme primitif ne peut pas retrouver son chemin pour rentrer au campement, il peut toujours envoyer une fusée de détresse, rétorque Scarlett en lui lançant un pistolet adéquat.

Il se renfrogne, mais glisse l'objet dans sa ceinture.

Tu lui fais un signe de la main. Guy t'adresse un grand sourire maladroit.

– Bonne chance, petit ! Évite de t'attirer des ennuis !

Scarlett est déjà en route et s'enfonce dans la jungle à grandes foulées. Tu t'empresses de la rattraper. Bizarre... Tu as toujours pensé qu'on survivait en *économisant* son énergie, mais

Scarlett se comporte comme aux Jeux olympiques avec ses longues jambes d'athlète !

Ici, le sol est marécageux, avec des endroits secs sur lesquels tu dois sauter. Tu cours depuis cinq minutes à peine quand vous tombez sur un chemin dallé, surélevé par des blocs de pierre, au beau milieu de la végétation.

– Le voilà ! s'écrie Scarlett.

– Vous vous y attendiez ? lâches-tu, haletant.

– Je... euh... l'ai aperçu au moment où on s'écrasait, répond-elle. Impossible de le louper dans toute cette verdure !

L'un après l'autre, vous bondissez sur cette allée pavée. Elle doit faire partie d'une ruine très ancienne, mais semble drôlement bien conservée, quand on y réfléchit.

Tu cours au côté de Scarlett et apprécies la fermeté du sol. Soudain, vous quittez tous les deux la forêt vierge, et le soleil vous éblouit.

Le chemin dallé se poursuit jusqu'à une gorge rocailleuse, visiblement à sec. Un pont devait l'enjamber dans le passé. Désormais, il n'y a qu'un trou bien trop grand pour que tu puisses le franchir d'un bond. Tu aperçois les vestiges du pont de l'autre côté. Juste en-dessous, l'entrée d'une grotte attire ton attention.

Peut-être qu'il s'agit d'une sépulture.

Scarlett s'arrête en titubant.

– Mince alors ! Ça gâche tout.

Tu jettes un coup d'œil par-dessus le bord de la falaise. Est-ce que ce sont des pierres blanches tout en bas ou des os blanchis ? Impossible à déterminer.

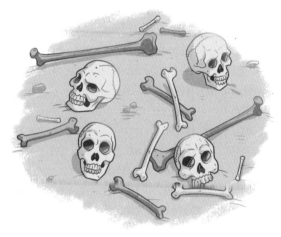

Scarlett fouille dans son sac.

– Deux choix s'offrent à nous, petit : trouver un moyen de traverser ou rebrousser chemin !

Pour faire demi-tour et revenir dans la jungle, file au 24.

Pour tenter de passer de l'autre côté d'une manière ou d'une autre, rends-toi au 31.

Tu passes un super moment avec l'équipe de tournage. Zack t'invite même à fêter ton prochain anniversaire dans sa villa à Hollywood. Le réalisateur filme encore quelques scènes où Zack court dans la jungle, poursuivi par Jimmy – remis de ses émotions – dans son costume de monstre. Même lui semble ravi.

Scarlett ne revient pas. La nuit tombe, et toujours aucun signe d'elle. On t'offre une couchette dans l'un des mobile homes de l'équipe, mais tu ne parviens pas à dormir. *Où* est-elle ? Et qu'est-il arrivé à Guy ?

Après une nouvelle journée de tournage, le film est dans la boîte. L'équipe quitte la jungle en formant un long convoi. Tu vas bientôt rejoindre la civilisation, sain et sauf. Ta fête va te manquer, mais bon... Zack Wonder est ton nouvel ami !

Toutefois des questions restées en suspens te hantent toujours... Guy a-t-il pu s'en sortir vivant ? Qu'est-ce que Scarlett manigançait, au juste ? Peut-être que d'autres chemins détiennent les réponses...

FIN

File au 2 pour retenter l'aventure !

Scarlett et toi plongez dans les fourrés. Une feuille humide de fougère te fouette le visage. Aucun de vous deux ne fait le moindre bruit.

Ce qui se produit ensuite te stupéfie : un footballeur américain grand et costaud déboule sur la piste. En voyant le numéro sur sa poitrine, tu le reconnais aussitôt.

– C'est Zack Wonder ! t'exclames-tu.

Zack passe à toute vitesse devant toi. Qu'est-ce qu'un footballeur multimillionnaire peut bien fabriquer au cœur de la jungle ?

L'instant d'après, tu as la réponse. Il fuit la *créature* qui le poursuit.

La bête aux trousses de Zack a la peau verte et pustuleuse d'un crapaud, la gueule remplie de crocs d'alligator, et les oreilles parcheminées d'une chauve-souris. Ses yeux globuleux remuent dans leurs orbites alors qu'elle passe en courant devant toi.

 Rends-toi au 18.

Scarlett et toi courez côte à côte en slalomant entre les arbres. *En fait, c'est vraiment joli par ici*, songes-tu. Des plantes exotiques se dressent au-dessus de toi, leurs fleurs épanouies comme les bouches béantes de créatures extraterrestres. Des oiseaux au plumage arc-en-ciel s'ébrouent dans les arbres. Les rayons du soleil tombent à l'oblique entre les branches en surplomb. Hormis les blocs de pierre que tu entrevois par moments, rien ne laisse supposer la moindre présence humaine quelques siècles plus tôt. Bref, si vous n'aviez pas eu cet accident d'avion, ce serait presque une promenade de santé.

Alors que tu commences à apprécier l'environnement, un rugissement féroce retentit derrière toi. Scarlett en a le souffle coupé. Tu n'oses pas regarder par-dessus ton épaule, mais tu le fais quand même. Tu distingues au loin une créature massive, noire et menaçante.

– Les légendes étaient donc fondées, déclare Scarlett en accélérant. Quoi qu'il se passe, ne t'arrêtes pas de courir !

Sur ta droite, entre les feuillages, tu aperçois un éclair de lumière vive. Elle ne semble pas naturelle, mais bel et bien artificielle.

Pour en savoir plus, rends-toi au 16.

Pour continuer de courir, va au 26.

Guy et toi vous faufilez dans la jungle en vous approchant de la colonne de fumée rouge. Vous n'avancez pas très vite et ne faites pas beaucoup de bruit non plus. Tu te demandes si celui ou celle qui a allumé le feu sera sur place quand vous y parviendrez.

Vous finissez par arriver aux abords d'une clairière, où se dresse une horrible statue. La fumée provient d'une sorte de petit bidon placé dessus. Guy s'apprête à foncer, quand tu l'interceptes et lui fait « chut ! » en portant l'index à tes lèvres.

Tu viens de voir Scarlett Fox rôder derrière un arbre, un petit appareil noir à la main. Guy écarquille les yeux en découvrant de quoi il s'agit.

– C'est un détonateur de mine de proximité, murmure-t-il. Elle essaye de poser un piège ! Toute la clairière doit être minée.

– Quelle hypocrite ! lâches-tu. Je parie qu'elle prévoyait de nous piéger, puis de marchander pour l'idole.

– Eh bien, on a un avantage sur elle ! réplique Guy avec un sourire carnassier. On y va ?

Vous vous approchez ensemble de Scarlett, qui ne vous a pas remarqués. Vous êtes prêts à lui sauter dessus... mais Guy marche soudain sur une brindille qui craque. Scarlett fait volte-face, effarée.

– Qu'est-ce qui ne va pas ? te moques-tu. Surprise de nous voir ?

– Je... C'est... c'est pas ce que tu crois ! balbutie-t-elle.

Au moment où la situation est sur le point de prendre une fâcheuse tournure, le rugissement familier d'un singe-démon résonne dans la jungle.

 File au 68.

Le chemin s'élargit en débouchant sur une clairière. Des gens y sont venus récemment. Tu le devines en partie à cause des traces de pneus sur le sol et des plantes piétinées, mais surtout du mobile home de la taille d'une maisonnette qui stationne encore ici.

L'enthousiasme s'empare de toi. On dirait bien que tu vas pouvoir retrouver la civilisation ! Peut-être que tu peux encore arriver à temps à ta fête d'anniversaire.

La seconde d'après, tu entends de nouveau cet étrange rugissement et des éclats de voix. Ça te donne des sueurs froides.

Houlà ! Tu dois vite te cacher !

Pour te dissimuler dans les feuillages avoisinants, va au 23.

Pour traverser la clairière et te cacher dans le mobile home, rends-toi au 20.

*G*uy sourit à belles dents.

– Bon choix, petit ! On se verra plus tard, Scarlett. Tâche de ne pas te perdre !

Elle a déjà son sac sur le dos.

– Tu m'aurais de toute manière ralentie, ironise-t-elle.

L'instant d'après, elle a filé dans la jungle, comme si elle participait à une compétition d'athlétisme.

Guy secoue la tête.

– Elle enverra une fusée de détresse avant le coucher du soleil, tu verras.

Tu n'en es pas certain. À l'évidence, Scarlett sait très bien se débrouiller toute seule. Peut-être un peu *trop* bien.

– Allez, on se remue ! lance Guy. On a pas mal de terrain à couvrir. Ah... j'oubliais ! Prends ça, ajoute-t-il en te donnant une petite machette, gravée à ses initiales. Elle t'aidera à trancher les lianes trop épaisses.

N'oublie pas que tu as la machette de Guy. C'est important.

Ensemble, Guy et toi traversez la végétation dense. Vous suivez une vague piste qui serpente entre les arbres. Impossible de savoir si des gens l'ont tracée ni de quelle époque elle date.

Des bruits étranges parviennent à tes oreilles : des cris d'oiseaux au loin, le bourdonnement d'insectes, le bruissement d'animaux invisibles dans les fourrés...

– Pour survivre, la première étape consiste à se repérer, déclare Guy. Le soleil brille par là-bas, donc c'est l'ouest. Scarlett est partie vers le nord, alors on se dirige plein sud.

Son assurance te réconforte. Tu accélères un peu. L'instant d'après, tu trébuches et tombes en avant.

Guy t'attrape par le bras.

– Hé ! Fais gaffe aux racines !

– On doit vraiment marcher aussi lentement ? te plains-tu.

– Va aussi vite que tu le souhaites, mais ne t'épuise pas ! Tu veux courir ? Courons ! Il te suffira de sauter et de t'abaisser quand je te le dirai !

Ah, c'est beaucoup mieux ! Guy et toi galopez dans la jungle en sautant par-dessus les racines et en esquivant les branches basses. Tu ne tardes pas à trouver ton rythme. Ce n'est pas si difficile !

Tout à coup, tes pieds se mettent à claquer sur de la pierre bien dure et patinée, et non plus sur de la terre spongieuse.

– C'est un chemin dallé ! hurle Guy. Une vraie route pavée construite par l'homme. On doit voir où elle mène !

Un peu plus loin, l'allée de pierre se sépare en deux. À gauche ou à droite ?

 Pour aller à gauche, où tu entends le bruit d'un torrent tumultueux et aperçois la lumière du jour, rends-toi au 5.

Si tu préfères aller à droite, où le chemin s'enfonce davantage dans la jungle, va au 17.

Tu voles en direction de l'entrée de la grotte, mais pas assez loin. Tu as juste le temps d'entrevoir la statuette dorée accroupie à l'intérieur. Elle sourit jusqu'aux oreilles, comme pour te narguer.

Puis tu chutes de plusieurs mètres et t'abîmes dans la rivière, pour ne jamais remonter à la surface... *Gloub ! Gloub !*

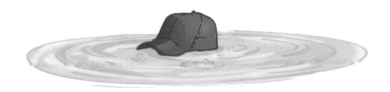

FIN
File au 2 pour retenter l'aventure !

De mauvaise grâce, Scarlett se glisse sur l'autre siège et te laisse prendre la place du pilote. Ça n'a pas l'air de l'enchanter. Si tu ne savais pas à quoi t'en tenir, tu pourrais la croire en colère.

Tout en oubliant son inquiétude, tu mets les rotors en route et redresses le manche à balai en douceur.

Par chance, tu parviens à faire voler l'hélicoptère sans trop tanguer. Bientôt, tu t'élèves au-dessus des arbres. Tu vas pouvoir t'échapper d'ici !

Mais tu survoles soudain ce qui ressemble à une équipe de tournage, dont les membres hurlent et te font signe. Le vacarme des rotors a dû les faire réagir...

 Si tu continues de voler jusqu'à ce que tu aies fui la jungle, rends-toi au **74**.

Si tu penses qu'il vaut mieux atterrir et vous présenter, va au **34**.

Scarlett t'a piégé ! Tu sautes... et tombes dans une fosse, en grande partie dissimulée par la végétation. Tu te cramponnes au bord, mais c'est peine perdue. La seconde d'après, tu t'écrases dans un enchevêtrement de vieilles plantes grimpantes. Une douleur court le long de ta jambe.

Scarlett jette un coup d'œil d'en haut.

– Je suis vraiment désolée d'avoir dû agir comme ça, soupire-t-elle en secouant la tête. Tu es trop coriace pour que ça ne te joue pas des tours. Je n'aurais jamais cru que tu résisterais aussi longtemps dans la jungle. Honnêtement, je pensais que tu te contenterais d'attendre les secours !

Tu te relèves tant bien que mal, mais ta jambe t'élance trop pour que tu puisses tenir debout.

– Aidez-moi à sortir de là ! hurles-tu.

– Navrée, mais là où je vais, je ne peux emmener personne. *Adios !* Ravie d'avoir fait ta connaissance !

Elle t'adresse un petit signe de la main, puis file en courant.

Tu devrais peut-être la poursuivre. Ta jambe te fait mal, mais tu pourrais tenter de remonter en t'aidant des plantes grimpantes qui pendent dans la fosse. Rends-toi au 33.

D'un autre côté, ta jambe est très endolorie. Si tu préfères attendre dans la fosse et espérer qu'on vienne à ton secours, va au 43.

– **À** quoi vous pensez au juste ? demandes-tu à Scarlett.

– À une tyrolienne !

À ces mots, elle brandit une sorte de petit pistolet doté d'un grappin. Elle vise et tire de l'autre côté du pont écroulé. Une fois de plus, tu t'interroges sur les secrets que peut renfermer la grotte qui se trouve au-dessous des vestiges.

Le grappin, qui entraîne un filin, passe par-dessus le gouffre et s'accroche dans la maçonnerie. Scarlett vérifie qu'il est bien ancré, puis fixe l'autre côté du câble avec des pitons.

OK, c'est complètement fou. Scarlett a beau être prévoyante, c'est quand même bizarre qu'elle ait emporté un *grappin* parmi tous ses autres gadgets. À croire qu'elle s'attendait à découvrir ce pont effondré…

– Tu sais comment utiliser ça ? demande-t-elle.

– Bien sûr !

Elle te passe une petite poulie métallique que tu fixes sur le filin tendu. Ensuite, tu n'as plus qu'à t'élancer dans le vide et glisser jusqu'à l'autre extrémité.

– Tu veux que je passe la première ? propose Scarlett.

– Non, je l'ai bien en main.

Plus vite ce sera fait, plus facile ce sera, imagines-tu.

Tu inspires un grand coup et t'élances au-dessus du gouffre. Tu glisses à toute vitesse le long de la tyrolienne. C'est fabuleux ! Tu remarques alors un scintillement doré à l'intérieur de la grotte.

Tu dois te décider en un éclair.

Tu lâches la tyrolienne juste avant d'arriver de l'autre côté pour tenter d'atterrir à l'entrée de la grotte ? Va au 28.

Si tu préfères glisser tout du long pour atteindre l'autre côté, rends-toi au 4.

Tu retrouves la lumière du jour en remontant le long d'un tunnel étroit, rempli de racines.

Tout au bout, tu entrevois les contours d'une pyramide à travers les arbres. Tu cours vers l'édifice et entends le bruit et les éclats de voix d'une bagarre.

 Continue de courir jusqu'au 58.

Au prix de gros efforts, tu parviens à remonter et à t'extraire de la fosse. Quand tu arrives en haut, il commence à faire nuit, et Scarlett a disparu depuis longtemps. Par chance, ta jambe ne te fait plus autant souffrir.

Tu n'as pas d'autre choix que de t'enfoncer davantage dans la jungle et tenter de retrouver la trace de Scarlett.

 Va au 65.

Heureusement, les malentendus sont vite oubliés et chacun recouvre son calme grâce à l'intervention de Zack Wonder. Tu as toujours entendu dire que c'était le gars le plus sympa du monde. À présent tu sais que c'est vrai : même lorsque deux étrangers interrompent un tournage important pour lui, il ne se met pas en colère !

Tu passes un peu de temps avec l'équipe du film, dont tous les membres sont super cool. Tu leur demandes si quelqu'un parmi eux a aperçu Guy Dangerous, mais personne ne l'a vu. Certains, en revanche, pensent avoir repéré d'étranges créatures qui rôdent aux abords du chemin, « comme un énorme singe avec un crâne en guise de tête ».

Plus tu en apprends sur cette jungle, plus l'endroit te semble étrange.

Zack Wonder est désolé lorsqu'il découvre l'histoire de votre accident d'avion.

– Si vous voulez rester avec nous, vous êtes les bienvenus, déclare-t-il. Mais on ne s'en ira pas avant la fin du tournage, alors vous devrez attendre un peu pour qu'on vous dépose quelque part.

– Oh, je suis sûre qu'on peut même travailler ensemble pendant quelque temps, répond Scarlett.

Travailler ensemble pendant combien de temps ? te demandes-tu. Elle a oublié que tu devais rejoindre tes copains à ta fête d'anniversaire ou quoi ?

Zack t'offre une paire flambant neuve des chaussures de sport dont il fait la pub.

– Si tu dois courir, autant le faire avec ce qu'il y a de mieux ! dit-il.

Tu les enfiles avec enthousiasme. Soudain, rater ta fête ne te chagrine plus autant que ça. Manger des hamburgers avec un footballeur multimillionnaire, ça la remplace largement !

– Joyeux anniversaire, petit ! te souhaite Zack en te donnant une claque dans le dos qui te coupe le souffle.

– Hé, Zack, une idée me traverse l'esprit, intervient Scarlett, avec un air sournois. J'ai entendu dire que cette jungle abritait les ruines d'un temple quelque part.

– Et alors ?

– Ce serait le décor idéal pour y tourner votre spot de pub, non ? Vous auriez un look d'enfer en courant sur ces mystérieuses voies ancestrales.

– Pourquoi pas, accepte Zack dans un haussement d'épaules. Montrez-nous le chemin !

– Je n'en connais pas l'emplacement exact, admet Scarlett. Je ferais peut-être mieux de partir en éclaireuse. Je reviendrai ensuite vous prévenir quand je les aurai découvertes.

Elle se tourne vers toi et ajoute :

– J'imagine que tu préfères rester ici en compagnie de Zack, non ?

Si tu choisis de rester avec Zack Wonder et l'équipe de tournage en attendant le retour de Scarlett, rends-toi au 22.

 Si tu souhaites partir avec elle à la recherche du temple, va au 37.

Tu commences à te méfier de Scarlett. Si tu préfères t'éclipser en douce et chercher le temple tout seul, file au 65.

Tu te retrouves dans une énorme et sombre grotte souterraine. Elle est inondée, et l'eau semble glacée. Une odeur de roche humide flotte dans l'air ambiant. Du plafond de cette caverne pendent des centaines de plantes grimpantes, de racines et de lianes, comme une sorte de forêt à l'envers.

Tu te tiens sur une berge étroite et caillouteuse. Tu trempes un orteil dans l'eau à tout hasard. Aussitôt, des silhouettes blanches foncent droit sur ton pied, que tu t'empresses de retirer. Le lac grouille de petits poissons trapus. Ça existe, les piranhas aveugles des cavernes ?

Comment vas-tu traverser ce lac souterrain ? Une idée germe alors dans ta tête. Tu attrapes une liane et commence à y grimper. Puis tu te balances et en saisis une autre. Cool ! Ça marche ! En passant ainsi de liane en liane, tu peux éviter l'eau et les petits poissons affamés. Tu continues donc à te balancer d'une liane à l'autre jusqu'à ce que tu voies la lumière du jour. Pas très loin à présent.

Si tu saisis une liane verte bien épaisse pour te balancer une dernière fois avant la sortie, va au 41.

Si tu attrapes à tour de rôle plusieurs lianes apparemment plus fines, rends-toi au 32.

Tu fais un écart sur la gauche et évites de justesse de tomber dans une fosse envahie par la végétation, presque invisible dans la pénombre. Tu l'as échappé belle !

– Mince alors ! Tu n'abandonnes jamais, pas vrai ? s'énerve Scarlett, avant de partir en courant.

Tu réalises qu'elle t'a *volontairement* dit de sauter au mauvais endroit ! Elle tente de se débarrasser de toi.

Tu la prends en chasse, mais elle court comme si sa vie en dépendait. Vous zigzaguez tous les deux entre les arbres, esquivez des tas de pierres et enjambez les crevasses dans le sol. Tu la talonnes de près, mais Scarlett finit par te distancer. À bout de souffle, tu essayes de te repérer.

Mais tu n'as aucune idée de l'endroit où tu es. La forêt vierge t'entoure de tous côtés.

Rends-toi au 65.

Scarlett te dévisage.

– Tu en es sûr ? Partir à la recherche du temple peut se révéler dangereux...

– Ça m'a l'air sympa, au contraire, déclares-tu avec fermeté.

Scarlett plisse les yeux. À cet instant précis, tu sais qu'elle te cache quelque chose. Et tu sais qu'elle *sait* que tu sais.

Elle reprend alors, tout sourire :

– Allons-y !

Peu de temps après, Scarlett et toi êtes en train de courir dans la jungle sur des pistes qui semblent interminables. Vous traversez des ponts en pierre et des petits tunnels qui empestent comme si des chauves-souris y avaient niché.

– Où est-ce que le temple est censé se trouver ? demandes-tu.

– Selon la légende, toute cette cité en ruine constitue le temple, répond-elle en haletant. On doit juste trouver la partie la plus sacrée. L'endroit où ils ont caché la...

– La quoi ?

– Attention ! Saute sur ta droite !

Si tu écoutes l'avertissement de Scarlett et saute sur la droite, file au 30.

Si tu l'ignores et cours vers la gauche, rends-toi au 36.

Tu attends, dans l'espoir que l'oiseau va simplement s'en aller. En vain. Au contraire, une chose épouvantable se produit. Les cris et les battements d'ailes du volatile attirent une silhouette sombre qui surgit de la forêt en surplomb. Tu ne peux rien faire d'autre que lever des yeux horrifiés sur cette silhouette qui sourit et soulève un rocher pour le lancer sur toi. Au moins, tu auras laissé ton empreinte ici-bas.

FIN

File au 2 pour retenter l'aventure !

Une autre lame de scie jaillit du sol, et tu t'écartes... en mettant le pied juste dessus.

Hmm... Mieux vaut ne pas entrer dans les détails. Peut-être que cette seconde jambe te gênait, après tout !

FIN

File au 2 pour retenter l'aventure !

La pente qui conduit au cours d'eau se révèle bien plus abrupte que tu le croyais. Tu descends avec précaution sur les rochers déchiquetés, un pas après l'autre. Par endroits, tu dois t'agripper avec les mains et les pieds en trouvant des saillies et des aspérités adéquates. Tu n'as pas le vertige ? Si ?

Lentement, prudemment, tu t'approches de l'eau. Tu te trouves à mi-chemin quand une douleur fulgurante te traverse le crâne. Des ailes multicolores s'agitent devant ton visage. Un étrange oiseau exotique, sorte de croisement entre un perroquet et un héron, t'attaque ! Il vient de te donner de violents coups de bec et s'apprête à recommencer.

Mauvais signe. Tu ne peux pas descendre en toute sécurité avec cet imbécile d'oiseau sur le visage ! Déjà que tu as beaucoup de mal à te cramponner.

Tu pourrais lâcher une main et tenter de chasser le volatile avec l'autre. Rends-toi au 44.

Tu te cramponnes à la paroi rocheuse en espérant que l'oiseau va s'en aller. File au 38.

41

*T*es doigts agrippent de la chair froide et recouverte d'écailles. La « liane » redresse la tête et te regarde en sifflant furieusement. C'est un anaconda géant !

Vous tombez tous deux à l'eau. Des anneaux caoutchouteux t'encerclent. Après une lutte frénétique, tu parviens soudain à t'échapper. À bout de souffle, tu sors du lac en pataugeant vers la lumière. Par quel miracle as-tu pu survivre à cette épreuve ?

Tu te tournes et regardes par-dessus ton épaule : les piranhas des cavernes s'en prennent à l'énorme serpent. Voilà donc la réponse. C'est un peu dégoûtant, mais, au moins, tu es vivant.

File au 32.

– **H**é, attends une minute ! Il n'y pas le feu !

Guy tend la main, mais tu t'éloignes déjà à grandes enjambées.

– Envoie-nous une carte postale ! Et évite de parler aux singes que tu ne connais pas ! lance Scarlett.

Ses moqueries renforcent encore ta certitude d'avoir fait le bon choix. L'idée de rater ta fête d'anniversaire te rend franchement grincheux. Tu marches d'un bon pas dans la jungle, bien décidé à retrouver la civilisation avant Guy *ou* Scarlett.

Tu finis par avancer à petites foulées, assez vite pour couvrir du terrain, mais pas trop afin de pouvoir baisser la tête sous les branches basses ou sauter par-dessus les racines enchevêtrées. En quelques minutes, Guy et Scarlett ne te voient déjà plus. Ça y est, tu es livré à toi-même, en pleine nature, à des milliers de kilomètres de toute civilisation.

Tu cours encore et encore. La lumière filtre à travers les arbres à mesure que ceux-ci se raréfient. Tu remarques que tu arrives dans une zone rocheuse, avec moins de végétation. Bientôt tu entends de l'eau couler en cascade.

Un peu plus loin, le terrain descend brusquement en pente. Tu es sûr que tu te diriges vers une rivière.

Tu te souviens que les villages sont souvent construits au bord de l'eau. Ce serait donc une bonne idée de suivre la rivière. Certes, mais les animaux sauvages viennent aussi s'y abreuver, non ?

À ta gauche, tu distingues ce qui ressemble à un chemin dallé, à moitié dissimulé par le sol spongieux de la forêt vierge. Il doit faire partie d'une ruine...

Pour descendre la pente et tenter de suivre la rivière, va au 40.

Pour emprunter la voie dallée et t'enfoncer davantage dans la jungle, rends-toi au 49.

Tu attends… encore et encore. Personne ne vient. Des années plus tard, des explorateurs découvrent ton squelette. Tu finis dans un musée, ce qui n'était pas prévu au programme de ta fête d'anniversaire !

FIN

File au 2 pour retenter l'aventure !

*T*u chasses l'oiseau d'une main en te cramponnant désespérément à la paroi avec l'autre.

– Ouste ! Va-t'en ! hurles-tu.

Tes gesticulations semblent l'irriter davantage. Tout en subissant les assauts du volatile, tu remarques un nid dans la falaise. Il doit défendre ses petits ! Peut-être que si tu t'écartes de son territoire, il ne te considérera plus comme une menace. Tu t'éloignes en avançant sur le côté, le plus vite possible, et l'oiseau cesse en effet de t'attaquer.

Ouf ! Tu reprends ton souffle et achèves ta descente jusqu'au bord de la rivière. L'eau est claire, propre et glacée. Tu remplis ta gourde, non sans ajouter ensuite quelques comprimés désinfectants, et c'est la meilleure boisson que tu aies jamais bue de toute ta vie. Ton estomac gronde, mais tu n'as pas grand-chose à manger sur toi. Mieux vaut économiser tes maigres provisions jusqu'à ce que tu en aies réellement besoin.

Tu suis le cours d'eau. Bientôt tu te retrouves près d'un sanctuaire en hommage à quelque étrange divinité locale. Une statue en bois sculpté, en position accroupie, trône à l'intérieur. On a déposé des fruits en offrande... ce qui signifie que des gens vivent dans les environs !

Ton estomac gronde de plus belle. Très fort.

Peut-être que tu devrais déposer toi aussi des aliments en offrande, ne serait-ce que pour te porter chance et pour montrer ton respect ? Si tu crois à ce genre de choses…

D'un autre côté, le sanctuaire regorge de fruits frais et l'esprit ne va pas les manger, si ? C'est de la nourriture, après tout, et elle a l'air délicieuse. Pourquoi la gâcher ?

Pour déposer toi aussi des aliments, même si as toujours faim, rends-toi au 46.

Pour manger les offrandes, va au 48.

Pour ignorer le sanctuaire et suivre le cours d'eau, file au 14.

*T*u es ravi d'avoir gardé quelques allumettes, récupérées au moment où Guy et Scarlett ont partagé le kit de survie. Tu te débrouilles pour enflammer du petit bois et, bientôt, une colonne de fumée s'élève dans le ciel.

Des personnes ne tardent pas à te retrouver. Mais ton bonheur est de courte durée quand tu vois leurs armes et leurs mines patibulaires. Ce sont des bandits, qui espéraient trouver un voyageur égaré et sans défense. Ils te ligotent, te font monter dans leur Jeep et t'emmènent jusqu'à leur cachette. Tu te demandes si tu reverras un jour ta famille.

Heureusement, tes proches rassemblent suffisamment d'argent pour payer ta rançon, et tes ravisseurs te libèrent. On te voit sur tous les plateaux télévisés, tu fais la une des journaux, et le livre de ton aventure devient un *best-seller* dès sa sortie. Tu as quand même raté ta fête d'anniversaire...

FIN

File au 2 pour retenter l'aventure !

Tu te sens un peu idiot, mais déposes une partie de tes précieuses provisions dans le sanctuaire. La statue se met soudain à bouger. L'espace d'une horrible seconde, tu crois la voir s'animer. Puis elle bascule par terre.

Méfiant, tu t'approches. En tombant, la statue a révélé une ouverture dans la paroi rocheuse, juste assez grande pour t'y faufiler en rampant. La statue essaierait-elle de t'aider à sa manière ? Tu secoues la tête. C'est stupide, voyons !

Il te reste très peu de nourriture à présent. Tu retournes tes poches, dans l'espoir d'y trouver une poignée de miettes oubliées. Stupéfait, tu découvres une étrange baie dorée. Elle a dû tomber dans ta poche en chemin, quand tu passais près d'une plante. Mais tu n'as vu aucune plante à baies. Tu la manges quand même. Elle est succulente, et tu as l'impression d'avoir fait un repas complet !

La statue arbore un large sourire. Elle souriait tout à l'heure ? *Brrr...* Ça te donne la chair de poule. Tu chasses ce sentiment d'effroi, puis tu t'engages dans la cavité. Bientôt, tu descends des marches grossièrement taillées dans la roche et parviens dans une grotte inondée.

 File au 35.

Une nouvelle lame toute rouillée manque de te découper, mais tu l'esquives avec habileté. Il s'en est fallu de peu. C'est comme ça que le squelette a perdu sa jambe !

 Va au 55.

Le fruit a un goût délicieux, mais tu te mets brusquement à tousser et à suffoquer. Ta peau vire au gris. Tu sens tes bras et tes jambes se raidir, ce qui t'oblige à t'accroupir. Un grand sourire se fige sur ton visage...

Avant qu'une minute ne s'écoule, te voilà complètement transformé en une seconde statue, condamnée à veiller sur ce sanctuaire en compagnie de la première. On dirait que tu es coincé ici pour un petit moment ! Oh, après tout, c'est un boulot comme un autre. Et puis on t'offre des fruits frais tous les jours...

FIN

File au 2 pour retenter l'aventure !

Le chemin dallé oblique brusquement à droite, puis à gauche. Tu tournes à l'angle, puis esquives une longue lance qui surgit du sol. Un piège !

Si tu n'étais pas aussi rapide, tu te serais retrouvé empalé comme une saucisse sur un pic à brochette. Tu n'as pas le temps de t'en réjouir : un craquement sonore t'avertit qu'un autre piège s'est déclenché.

Oups !

Tu te baisses et, d'une roulade, t'éloignes de la lame qui traverse l'espace où tu te trouvais une demi-seconde plus tôt.

Tu prendrais peut-être moins de risques en t'écartant de ce chemin dallé. Tu te penches au bord et observes la jungle en contrebas : le sol grouille de tas de bestioles, dont certaines ont l'air venimeuses.

Tout bien réfléchi, ce chemin n'est pas si mal ! Un peu plus loin, tu remarques des ossements.

Un squelette *humain.*

Houlà ! Que faire à présent ?

Pour faire demi-tour et descendre la paroi rocheuse vers la rivière, va au 40.

Pour courir vers la droite, file au 47.

Pour te diriger vers la gauche, rends-toi au 39.

Tu t'endors... et te réveilles, couvert de moustiques géants et bouffis, de la taille de colibris. Waouh ! Ils sont costauds par ici. Heureusement, tu ne restes pas conscient longtemps. Toutes ces bestioles qui boivent ton sang, c'est carrément malsain !

FIN

File au 2 pour retenter l'aventure !

– **A**ttention, murmure Karma. Ça empeste ici. Il pourrait s'agir d'une tanière.

Elle a raison. Il y a une forte odeur de poils et d'excréments d'animaux. Karma balaye l'espace avec sa torche, et tu constates que la caverne regorge de statues de pierre particulièrement effrayantes. Elles semblent être des versions plus grandes et plus affreuses de la statuette dorée que tu transportes.

Tu avances, et quelque chose crisse sous ta semelle. Un os. Le sol en est jonché.

– Je pense que c'est le repaire des singes-démons... quand ils ne nous pourchassent pas, chuchotes-tu.

Tu te crispes, t'attends à voir surgir de l'obscurité un énorme primate... ou une nuée de petits singes. En vain.

– Je ne pense pas qu'ils soient là, conclut Karma.

Un détail attire alors ton attention. Ce n'est pas un ossement ou un morceau de bois ancien et sculpté, non, il s'agit d'un ordinateur portable. Son écran est brisé. La torche de Karma révèle d'autres objets : un bloc-notes, un sac à dos, un kit d'escalade.

L'espace d'une seconde, tu songes que tu vas bientôt trouver la dépouille de Scarlett. Mais tu réalises ensuite que ce ne sont pas ses affaires. Tous portent le même logo d'entreprise : une sorte de diamant avec un œil au centre.

– C'est bizarre, dis-tu à Karma. D'autres personnes sont venues ici, très récemment. Il suffit de voir la qualité de leur matériel.

Karma te tend alors un objet qu'elle a trouvé :

– Je pense qu'il faut que tu voies ça.

C'est un document imprimé. Sous la lumière de la torche, tu le déplies. Il y figure une photo – un vieux cliché en noir et blanc – de la statuette que tu es en train de transporter. Au-dessous apparaissent les instructions destinées à l'*équipe Delta* afin d'établir un point de rendez-vous dans la jungle, pour que l'*agent Renard* puisse livrer l'idole, laquelle est estimée à plusieurs milliards.

– Qui est l'agent Renard ? t'interroges-tu.

Karma réfléchit à voix haute :

– Renard se dit *fox* en anglais...

Subitement, tout s'éclaire dans ta tête. Tu rebrousses chemin et cours dans la jungle inondée de lumière.

 **File au 57.**

Le sol se dérobe sous tes pas, et tu dégringoles dans une grotte inondée. Un homme à terre ! Comme par miracle, tu es indemne.

 Va au 35 pour connaître la suite.

D'ici, tu bénéficies d'un formidable panorama sur des kilomètres à la ronde... Une équipe de secours parviendrait sans doute à te repérer. Tu ne pouvais espérer trouver meilleur endroit pour manifester ta présence.

Il y a du bois sec à proximité qui pourrait te servir à allumer un feu de détresse. Mais ça risque de prendre un peu de temps... Tu n'as pas franchement envie de rester coincé ici pendant des lustres à essayer d'entretenir un feu pour attirer l'attention.

Malgré tout, c'est peut-être ta seule chance d'être sauvé.

Pour tenter d'allumer un feu de détresse, file au 45.

Pour redescendre et visiter la pyramide, va au 58.

Karma et toi entrez dans le campement. Les projecteurs vous éblouissent. Personne ne vous lance la moindre mise en garde ni ne vient vous affronter. On dirait que l'endroit est désert, abandonné.

– Flippant, non ? demande Karma. Où sont-ils allés, d'après toi ?

– Les singes-démons les ont peut-être capturés, réponds-tu.

Karma et toi explorez les lieux. Vous trouvez des tas de provisions et des réserves d'eau, le tout dans des packs scellés comme des rations militaires. Sous une tente, tu tombes sur un ordre de mission. Il t'apprend que c'était ici, dans ce camp de base, que Scarlett Fox était censée remettre la statue de l'idole – celle que tu as dans les mains – à une bande d'escrocs du monde des affaires ! Une note récente t'apprend qu'ils sont partis fouiller le temple, puisque Scarlett ne s'est pas encore montrée.

– Notre accident d'avion n'était qu'une ruse ! déclares-tu à Karma. La société de Scarlett a tout manigancé pour qu'elle puisse voler la statuette.

– On dirait que leur plan s'est retourné contre eux, réplique Karma. Tu as la statue, et Scarlett a disparu.

À l'intérieur de la plus grande tente, tu vois des sacs de couchage déroulés sur des matelas pneumatiques d'aspect confortable. Voilà presque un jour et une nuit que tu cours à présent. L'idée de quelques heures de repos est tellement alléchante qu'elle en devient presque indescriptible. Karma aussi doit avoir un énorme besoin de sommeil.

– Je propose qu'on mange leurs provisions, qu'on dorme dans leurs lits, puis qu'on s'en aille, dit Karma. Appelons ça l'*Opération Boucles d'Or*. Ils le méritent bien.

 Si tu profites de l'occasion pour manger et dormir, va au 59.

Pour filer en douce dans la jungle, rends-toi au 81.

*L*e chemin monte progressivement. Puis, tout à coup, la scène qui s'offre à ta vue t'arrête net. Tu es parvenu aux ruines d'une ancienne cité, que la jungle a engloutie voilà des centaines d'années. Des voies dallées, comme celle que tu as empruntée, serpentent parmi les habitations basses en pierre et les tours écroulées. Ici et là se dressent des statues d'étranges êtres humains avec des têtes d'animaux. Les murs sont ornés de gravures représentant des entrelacs de feuilles et des personnages à l'air féroce, avec des dents en forme de défenses d'éléphant.

Tu essayes de te rappeler si tu as déjà entendu parler d'une cité perdue dans cette partie du monde, mais aucun souvenir ne te revient en mémoire. Peut-être qu'elle a été gardée secrète pendant tout ce temps. Tu ne peux tout de même pas être le premier visiteur à la découvrir... Si ?

Même si l'endroit est extraordinaire, cette découverte ne t'aidera pas à sortir de cette jungle. Il s'agit d'une civilisation, certes, mais pas celle que tu espérais trouver !

Tu aurais peut-être une meilleure vue sur les environs en grimpant un peu. Tu cherches du regard un endroit qui te permettrait de prendre de la hauteur.

Tu vois une pyramide un peu plus loin et une tour plus proche, qui dépasse presque la cime des arbres.

Si tu veux rejoindre la pyramide, rends-toi au 58.

Si tu grimpes en haut de la tour, va au 53.

Pour explorer les ruines avoisinantes, file au 52.

– **H**é ! hurles-tu. Par ici, les bouffons à tête de mort !

Les singes-démons te remarquent aussitôt. Ils se tournent tous vers toi et se figent, l'espace d'une seconde. Puis ils foncent sur toi en poussant des cris stridents. Tu manques de t'étrangler, puis te tiens prêt à te battre. La jeune femme t'adresse un grand sourire en guise de merci, fait craquer sa nuque, puis vient t'aider.

Les horribles créatures velues se jettent sur toi. Tu les repousses comme tu peux, mais elles sont trop nombreuses et trop rapides.

Tu te consoles à l'idée que tu vas mourir en héros... enseveli sous une énorme pile de singes-démons complètement fous.

FIN

File au 2 pour retenter l'aventure !

À travers le feuillage, tu discernes des projecteurs montés sur trépied et de vastes tentes. Il s'agit manifestement d'un camp de base... Mais pour qui ? Peut-être que le symbole de l'œil dans le diamant, sur les toiles de tente, est un indice.

Tu ne perçois aucun mouvement. Il n'y a aucune lumière dans les tentes. Les gens qui ont installé ce campement sont peut-être partis... À moins qu'ils ne se tiennent en embuscade.

Quelqu'un a taillé un chemin dans la végétation. À l'évidence, c'est celui qui mène à la base.

– On entre directement ou on se faufile par les côtés ? demande Karma Lee en murmurant.

Si tu veux suivre la piste et entrer directement, va au 54.

Pour chercher discrètement une autre entrée, rends-toi au 81.

Tu gravis tant bien que mal les énormes marches de la pyramide. Tu entends des éclats de voix, des grognements et des échanges de coups en provenance du sommet.

Une fois parvenu en haut, une scène étonnante s'offre à ta vue. Une jeune femme asiatique se bat de toutes ses forces contre une horde d'affreux singes-démons. Ils n'ont pas une tête de singe, mais le crâne d'un animal totalement différent. Ils bondissent sur la femme, lui griffent le visage, mais sont aussitôt repoussés par des coups de poing et des coups de pied bien placés.

Elle possède une puissance si phénoménale dans les jambes qu'elle propulse les créatures

par-dessus la cime des arbres ! Mais plus elle en envoie valser dans les airs, plus ils semblent l'assaillir en nombre.

Elle utilise une sorte d'art martial que tu n'as jamais vu à l'œuvre auparavant : un étrange mélange de styles tout en fluidité. C'est clairement une combattante chevronnée, mais elle a trop de singes à affronter. Si personne ne lui vient en aide, elle risque de se retrouver à terre. Et tu es le seul à pouvoir lui prêter main-forte.

Toutefois, tu es fatigué et affamé. Ce n'est pas vraiment l'état idéal pour t'attaquer à une bande de singes-démons. Tu ne devrais peut-être pas prendre part à un combat que tu risques de ne pas gagner. Tu pourrais tenter autre chose, comme détourner leur attention, par exemple. Ça pourrait donner à la jeune femme un petit avantage ?

Si tu veux te jeter dans la mêlée et aider la femme en combattant à ses côtés, file au 61.

 Si tu souhaites l'aider en détournant l'attention des singes-démons, afin qu'elle puisse s'échapper, rends-toi au 56.

Pour t'éclipser en douce en espérant que les singes-démons ne te remarqueront pas, va au 60.

*T*u te goinfres avec les rations. En d'autres occasions, tout cela aurait un goût de carton et de soupe lyophilisée, mais, là, maintenant, c'est un vrai festin. Tu te pelotonnes dans un sac de couchage et t'endors en quelques secondes.

Tu as à peine fermé l'œil qu'on te réveille en te secouant.

– Debout ! braille une voix bourrue.

Deux gardes du corps baraqués t'extirpent du sac de couchage. Ils portent des tenues de combat et des lunettes de protection. On dirait qu'ils sont rentrés de bonne heure. Tu les repousses et te lèves, encore vaseux, alors que tu dormais comme un bienheureux quelques secondes plus tôt.

Scarlett Fox déboule dans la tente.

– *Où est-elle ?*

– Quoi ?

– Ne fais pas le malin avec moi ! réplique-t-elle, furieuse. La statue de l'idole que tu as prise dans le temple. Donne-la-moi !

– Oh, vous voulez parler de ça ?

Tu sors l'objet du sac de couchage où tu l'avais caché. Les vigiles reculent, comme s'ils le croyaient dangereux.

Scarlett sourit en redevenant sympathique.

– Il faut que tu sois raisonnable et que tu te comportes en adulte maintenant. Donne-moi la statue, et tout se passera très bien. On rentre ensemble en avion et on oublie ce petit différend.

Bon sang, mais où est passée Karma Lee ? L'ont-ils aussi capturée ? Ou bien s'est-elle échappée de la base ? Pourquoi ne t'a-t-elle pas réveillé avant le retour de ces gros bras ?

– Je commence à perdre patience, reprend Scarlett, toujours le sourire aux lèvres.

 Si tu lui remets l'idole et te rends, va au 80.

Si tu passes devant elle en la bousculant et t'échappes de la tente, certain que Karma se trouve quelque part hors du camp, rends-toi au 82.

*T*u crois filer en douce, mais les singes-démons te repèrent. Ils abandonnent la femme et se ruent en masse sur toi, sachant que tu représentes un casse-croûte plus facile à attraper.

Félicitations ! Tu es savoureux *et* nourrissant, ce qui n'est pas négligeable. *Miam ! Miam !*

FIN

File au 2 pour retenter l'aventure !

– **H**é, m'dame ! Besoin d'un coup de main ?

Tu arrives en courant et te places dos à dos avec la jeune femme. Les singes-démons à tête de mort se jettent sur vous en hurlant et en frappant. Tu leur rends coup pour coup avec les poings et les pieds. Vos assaillants vous laissent quelques éraflures douloureuses, mais, ensemble, la femme et toi, vous leur résistez plutôt bien.

Tu découvres bientôt que vos deux styles de défense s'accordent parfaitement. Chaque fois que tu manques un coup de poing, elle rectifie le tir en cognant à son tour. Et chaque fois que les singes-démons la submergent, tu parviens à réduire leur nombre.

Après ce qui semble durer une éternité, un rugissement de fauve résonne dans toute la cité en ruine. Tous les singes-démons virevoltent et s'enfuient en dégringolant le long de la pyramide.

Avant même de prononcer un mot, la femme détache le talisman accroché autour de son cou et le place autour du tien. Un motif yin et yang apparaît, mais il est réalisé dans une sorte d'étrange verre holographique. L'objet se met à tournoyer quand tu le regardes. *Souviens-toi que tu as le talisman. Ce sera important plus tard.*

– Karma Lee, se présente la femme en te serrant la main. C'est un véritable plaisir de te rencontrer. Je suggère que nous joignions nos forces.

– J'allais justement vous le proposer !

Bizarrement, tu sens que tu peux lui faire confiance.

– Tu es un sacré combattant, dit-elle.

– Vous aussi. C'était quoi, l'art martial que vous utilisiez tout à l'heure ?

– Je... je ne pense pas que tu le connaisses, répond prudemment Karma. Il est un peu en avance sur ton époque.

Elle lance alors un regard par-dessus son épaule.

– Je ne voudrais pas te bousculer, mais on doit filer. Elle arrive.

– Qui ça ?

– Cette chose-là !

Tu découvres alors un gigantesque singe-démon à tête de mort, qui bondit d'un bloc de pierre à l'autre. De toute évidence, il vient dans votre direction.

File au 63.

*G*uy et toi courez ensemble dans la jungle en direction de la colonne de fumée rouge.

– Vous pensez que c'est Scarlett ? demandes-tu.

– Probablement, répond Guy. Elle pourrait être blessée ou ne pas avoir pu trouver d'aide. Ou bien quelqu'un pourrait utiliser l'un des diffuseurs de fumée qu'elle a apportés. Prépare-toi à toute éventualité !

Peu de temps après, vous découvrez d'où vient la fumée. Elle s'échappe d'un petit bidon placé sur la statue d'un homme au regard mauvais, qui agrippe ses oreilles et tire la langue. Il n'y a rien d'autre alentour, hormis les restes d'un feu de camp.

Guy fronce les sourcils.

– Scarlett ? appelle-t-il. Où es-tu ?

Elle surgit alors de derrière un arbre situé cinq ou six mètres plus loin.

– Juste là ! s'exclame-t-elle en brandissant un petit appareil. Ne bougez plus, ni l'un ni l'autre !

– Aaaargh ! lâche Guy en se frappant le front. J'aurais dû m'en douter. C'est un piège !

– Bien sûr que c'en est un, adorable imbécile ! ricane Scarlett. Vous êtes dans un cercle de mines de proximité que je viens à l'instant d'activer. Si l'un ou l'autre, vous tentez de filer, vous exploserez en mille morceaux.

– Vous êtes la *pire* organisatrice d'événements du monde ! t'énerves-tu.

– Désolée, ce n'est pas vraiment mon job. Je travaille dans l'espionnage industriel.

Elle se tourne alors vers Guy.

– Quant à toi, qu'est-ce qui s'est passé ? Je t'ai attendu au temple pendant des heures !

– J'ai changé d'avis, réplique Guy.

– Génial. Tu parles d'un associé !

– Laissez-moi deviner ce qui va se passer ! interviens-tu. On vous lance la statuette et vous désactivez les mines avec la télécommande que vous tenez à la main ?

Scarlett hoche la tête.

– Exact. Une fois que j'aurai pu filer assez loin d'ici, bien sûr. Je ne peux pas vous laisser me rattraper, pas vrai ?

 Pour lancer la statuette à Scarlett, comme elle le souhaite, rends-toi au 64.

Pour tenir bon et refuser de la lui remettre, va au 68.

– **D**e quel côté ? demandes-tu.

– On retourne dans les ruines, répond Karma. Il est trop grand pour nous suivre là-bas.

Vous descendez le plus vite possible de la pyramide. La terre tremble à mesure que le singe-démon se rapproche en bondissant.

Tu espères que Karma a raison. En bas, parmi les édifices en ruine, là où les arbres ont poussé entre les dalles de pierre, il existe des cavités trop étroites pour que le singe géant puisse s'y faufiler. Tandis que tu avances dans cette direction, tu entends le bruit des arbres que le monstre déracine sur son passage.

– Mon idée n'était pas peut-être pas si bonne, souffle Karma. Ce ne sont visiblement pas quelques arbres qui vont arrêter cette créature.

Tu repères une bâtisse en pierre quasi intacte. Les murs semblent assez épais pour résister aux coups de poing d'un singe-démon gigantesque. Sans réfléchir, tu t'engouffres à l'intérieur. Karma t'emboîte le pas.

– Il nous a vus entrer ? l'interroges-tu.

L'index sur les lèvres, Karma t'enjoint au silence. Elle jette un œil au-dehors.

– Il nous cherche, murmure-t-elle.

Tu découvres alors que cette petite salle en pierre ne dispose d'aucun autre accès. Autrement dit, vous êtes pris au piège.

– Prépare-toi à ressortir, déclare Karma avec gravité. Je pars en tête.

– Il va vous dévorer !

– Pas si je file comme l'éclair. Et je vais *filer*. J'ai les jambes les plus rapides de l'Asie, précise-t-elle en t'adressant un clin d'œil. À plus tard ! Bonne chance !

Avant que tu puisses réagir, Karma sort de la bâtisse. Tu l'entends hurler tandis que le singe-démon la pourchasse. Tu te demandes si tu vas la revoir...

 Tu ne peux pas rester là, tu dois avancer. File au 65.

La mort dans l'âme, tu lances la statuette dans la clairière. Scarlett éclate de rire et la récupère, en la tenant dans les bras comme un bébé.

– Elle est fabuleuse ! roucoule-t-elle. Si précieuse...

Guy et toi échangez un regard.

– Je n'avais pas trop le choix, te défends-tu, l'air misérable.

– Je sais, soupire-t-il. C'est vraiment dommage.

Scarlett grimpe sur des rochers voisins, puis presse un bouton sur son appareil. Les mines se mettent à biper.

– Elles se désactiveront dans cinq minutes, prévient la jeune femme. Ça me laisse une avance correcte, non ?

– Tu ne vas pas t'en tirer comme ça ! grogne Guy.

Scarlett s'esclaffe de plus belle.

– C'est déjà fait !

Dans la seconde qui suit, un singe-démon déboule dans la clairière en se frayant un chemin entre les arbres. Il vous ignore, Guy et toi, et fonce droit sur Scarlett.

Dans un cri d'épouvante, elle se met à courir comme une folle. Elle disparaît sur l'un des chemins dallés, l'idole sous le bras et le singe-démon à ses trousses.

Dès que les mines cessent de biper, Guy et toi décampez de la clairière.

Finalement, après bien d'autres aventures, tu retrouves la civilisation... mais, sans la statuette ou Scarlett en guise de preuves, personne ne te croit.

Au moins, ton ami Guy et toi, vous connaissez la vérité. Un jour, cela fera une histoire géniale à raconter à tes petits-enfants...

FIN

File au 2 pour retenter l'aventure !

Tu avances seul dans la jungle, en quête d'un lieu où t'abriter. La nuit est tombée depuis longtemps. Seule la pâleur de la lune t'empêche de trébucher dans la pénombre.

Par chance, tu découvres l'un des chemins dallés qui sillonnent la forêt vierge, et celui-ci se révèle quasi intact. Tu espères de toutes tes forces qu'il conduit quelque part. Des silhouettes indistinctes surgissent ici et là. Ce ne sont que d'affreuses statues qui baignent dans le clair de lune, mais elles te donnent malgré tout la chair de poule.

Tu suis le chemin, en évitant des objets blanchâtres qui ressemblent à des ossements, jusqu'à ce que tu finisses par atteindre l'entrée d'une grotte à flanc de montagne. Au moins, tu pourras t'y abriter s'il se met à pleuvoir. Tu te glisses à l'intérieur et discernes dans le fond une sorte de lumière dorée.

Tu t'approches avec précaution. Cette lueur provient de la statuette d'une idole, éclairée par un rayon de lune qui traverse une brèche dans le plafond de la caverne. *Ce doit être un temple*, réalises-tu en examinant l'idole de plus près.

Cette statuette est-elle en *or massif* ? Impossiblc. Elle vaudrait une fortune, le cas échéant.

Un peu plus loin, derrière le socle de la statuette, tu découvres un tunnel creusé dans la roche. Il peut s'agir d'un labyrinthe. Mieux vaut ne pas s'y aventurer.

Auras-tu l'audace d'emporter la statuette ? Ce serait un fantastique gros lot pour la chasse au trésor de ton anniversaire. Et puis, un objet aussi ancien mérite d'être exposé dans un musée... plutôt que de rester dissimulé dans un temple isolé et en ruine.

Plus tu contemples la statuette, plus tu trouves de bonnes raisons de l'emporter.

Si bien que tu finis par le faire.

À peine as-tu posé les doigts sur l'objet en or tout lisse que le sol se met à trembler sous un martèlement de pas. Tu lèves la tête et découvres un énorme singe-démon à tête de mort qui se précipite vers toi. Il a l'air d'écumer de rage. Bizarrement, tu te dis que reposer la statuette n'y changera rien.

Tu te mets donc à courir avec l'idole sous le bras... Et tu files dans le tunnel.

 Si tu as la machette de Guy Dangerous, va au 72.

Si tu as la boussole de Scarlett Fox, va au 70.

 Si tu as le talisman de Karma Lee, file au 79.

Si tu n'as aucun de ces objets, rends-toi au 67.

Tu retournes près de Guy. Il se cramponne à la corniche, alors que le singe-démon s'agrippe à lui. Tu sors la machette et l'agites, avant de frapper la patte du monstre avec le côté non tranchant. *Paf !*

Le singe-démon grogne de douleur et de surprise. Visiblement, il ne s'attendait pas à ce que sa proie se défende. Tu lui portes à nouveau un grand coup de machette, et la bête lâche Guy. Le singe s'éloigne dans le tunnel en gémissant et en frictionnant sa patte endolorie.

Guy se redresse et se ressaisit.

– Tu m'as sauvé la vie, dit-il, sidéré. Je... je dois te confier quelque chose. Il faut que les choses soient claires.

– Plus tard, les confidences, réponds-tu. Partons d'abord d'ici !

Bien plus tard, une fois que vous êtes certains que le singe-démon ne vous a pas suivis, vous établissez votre bivouac. Sur une sorte de terrasse en pierre, parsemée de statues, Guy et toi allumez un feu de camp, avant de vous asseoir autour. Tu es épuisé, mais trop sur les nerfs pour trouver le sommeil.

– Désolé, petit. J'aurais dû t'en parler plus tôt. Tout ça n'était qu'un coup monté, te révèle Guy d'une voix paisible, mais coupable. L'accident d'avion n'en était pas vraiment un. On avait prévu de venir ici. Scarlett en a eu l'idée depuis le début.

– Pourquoi ? demandes-tu, interloqué.

– Elle ne m'a pas tout dit… Mais c'est en rapport avec la statuette. Celle que tu as prise dans la grotte. J'étais supposé retrouver Scarlett au temple.

– Pour voler la statuette ?

– Ouais. Mais je ne pouvais pas. À la place, je suis parti à ta recherche.

– Heureusement pour moi ! Vous êtes arrivé au bon moment. Alors merci.

Au matin, tu vois une colonne de fumée rouge au loin... Un signal !

Pour te rendre directement là-bas et au plus vite, file au 62.

Pour emprunter un chemin détourné et tenter de surprendre celui ou celle qui envoie le signal, va au 25.

Tu as tout juste le temps de faire trois pas dans le tunnel avant de trébucher sur une pierre et de t'étaler par terre. Le singe-démon surgit. Il a l'air affamé.

Malheureusement les singes-démons ne se nourrissent pas de hamburgers-frites. *Crunch !*

FIN

File au 2 pour retenter l'aventure !

– **J**amais je ne vous remettrai cette statuette ! hurles-tu en adoptant un air courageux.

Tu sais qu'elle t'a pris au piège.

Mais, tout à coup, dans un énorme rugissement, un gigantesque singe-démon et une horde de petits chimpanzés surgissent d'entre les feuillages. Leurs têtes de mort n'ont pas d'yeux, mais si elles en avaient, ceux-ci étincelleraient de rage. Ils veulent récupérer la statuette de leur idole et ne s'en iront pas sans elle.

– Cours ! te crie Scarlett.

– Et les mines ?

– Elles ne sont même pas activées.

– QUOI ?

– Je bluffais ! Faut te le dire en quelle langue ?

Scarlett passe comme une flèche devant toi et traverse la clairière en fuyant les singes-démons. Aucune explosion.

Guy est furieux.

– Cette espèce de fouine nous a...

– On verra ça plus tard ! l'interromps-tu. Il faut qu'on déguerpisse d'ici !

Vous grimpez tous les trois la pente rocheuse, puis filez sur le chemin dallé, pourchassés par le singe-démon et ses petits copains. *Ils sont de la même famille ?* te demandes-tu. Pas le temps d'y réfléchir.

Maintenant que vous êtes de nouveau tous les trois dans le même camp, vous unissez vos forces pour échapper aux monstres. Guy signale la piste la plus sûre pour fuir au pas de course, tandis que Scarlett utilise sa tyrolienne pour vous faire passer au-dessus d'un vide, entre deux édifices en ruine. Finalement, vous parvenez à semer les singes-démons.

Bien plus tard, dans la journée, vous tombez sur l'équipe d'une chaîne d'infos partie à ta recherche. Des millions de personnes dans le monde entier te voient brandir la statuette d'un geste triomphant. Scarlett semble amère, mais tu sais qu'elle ne tentera rien devant les caméras.

Tu rentres chez toi exténué, mais en vie ! La statuette finit dans un musée. Tu n'as jamais pu rejoindre ta fête d'anniversaire, et tu te demandes souvent, malgré toi, ce que tu aurais pu voir d'autre dans la jungle...

FIN

File au 2 pour retenter l'aventure !

*T*u cours et tu cours encore, en laissant Guy se débrouiller tout seul. Quelques secondes plus tard, tu entends un interminable cri déchirant.

Malheureusement, comme Guy n'est plus dans les parages, il ne peut t'aider quand tu accélères au beau milieu de sables mouvants.

Par chance, tu te rappelles comment survivre dans ce cas précis : ne pas paniquer et remuer le moins possible. Tu retires ton blouson et l'étales pour avoir une surface sur laquelle t'appuyer.

Je vais y arriver, songes-tu.

C'est alors que tu vois le singe-démon au bord des sables mouvants qui tripote un rocher, le lance et le rattrape. Ça semble presque l'amuser. Il le projette alors sur toi.

Tu n'en réchappes pas. Désolé !

FIN

File au 2 pour retenter l'aventure !

*T*u pénètres en courant dans les galeries souterraines du temple, le singe-démon sur les talons. Heureusement, ces tunnels comportent des tas d'embranchements et de virages. En courant dans une direction, puis dans l'autre, tu parviens à semer le monstre loin derrière toi.

La mauvaise nouvelle, c'est que tu t'es égaré dans un véritable labyrinthe. La statuette calée sous un bras – elle est lourde –, tu sors la boussole de Scarlett et tentes de te repérer. Enfin, tu retrouves ton chemin à travers les galeries et ne tardes pas à sortir. Hormis l'instant où tu manques de t'étrangler de frayeur en entendant respirer le singe-démon au détour d'un tunnel, tu t'échappes vite et assez facilement. Plein d'assurance, tu surgis du temple en découvrant un édifice en ruine, dont les murs sont envahis de plantes grimpantes.

Il fait nuit noire, et un grondement dans le ciel t'annonce qu'un orage va bientôt éclater. Tandis que tu t'accroupis au coin d'une bâtisse délabrée pour t'abriter comme tu peux, tu entends une voix rageuse qui marmonne :

– Quel crétin, ce yankee ! Où est-il passé ?

Allez, Guy, ça fait trois heures ! *Pff !* À quoi bon me mentir ? Il ne va pas venir.

C'est Scarlett Fox ! Tu l'observes à son insu, en te penchant à l'angle du mur. Elle est toute seule et jette des regards sur sa montre, tout en tripotant l'un de ses gadgets. Scarlett pousse un cri quand tu surgis de la pénombre.

– Qu'est-ce qui se passe ? Vous avez cru voir un fantôme ? demandes-tu.

Tu avances. Elle recule en titubant. Le tonnerre gronde dans le ciel, et un éclair illumine les ruines alentour.

– Je... je suis ju... juste surprise de te voir ! bégaye-t-elle. Désolée s'il y a eu le moin... dre... mal... malentendu... entre nous...

Tu ne peux résister à l'envie de lui montrer la statuette. C'est *forcément* ce qu'elle recherche depuis le début.

– Vous espériez trouver ça ?

Scarlett manque de s'étrangler. Folle de jalousie, elle se rue sur toi et trébuche sur une racine d'arbre. Son hurlement de douleur quand elle tombe est presque étouffé par un nouveau coup de tonnerre. Elle roule sur le sol en agrippant sa jambe. Apparemment, elle est blessée, mais tu ne sais plus trop si tu dois encore lui faire confiance.

Un éclair aveuglant te fait cligner des yeux. La foudre frappe alors les racines de l'arbre sur lesquelles Scarlett a chuté ! Celui-ci prend aussitôt feu.

Comment la foudre peut-elle frapper aussi près ? Tu as failli être carbonisé ! Peut-être que cette statuette te porte malheur ?

– Aide-moi ! gémit Scarlett, toujours recroquevillée. Je ne peux pas me lever !

Le feu se répand d'arbre en arbre à présent. Tu entends le crépitement des branches qui s'enflamment. Bientôt, toute cette partie de la jungle s'embrasera.

Tu dois prendre une décision. Tu pourrais peut-être porter Scarlett pour lui permettre d'échapper aux flammes, mais pas la statuette. Tu vas devoir laisser l'une ou l'autre sur place.

Pour sauver Scarlett et abandonner la statuette, va au 76.

Pour abandonner Scarlett et t'échapper avec la statuette, rends-toi au 73.

Tu parviens à destination. La colonne en pierre se dresse comme un poteau indicateur au beau milieu de la forêt vierge. Un 4×4 noir à vitres teintées attend sur place. Sous tes yeux épouvantés, deux malabars en tenue de camouflage se jettent sur toi !

– Lâchez-moi ! Qu'est-ce qui vous prend ? hurles-tu.

– Boucle-la ! grogne l'un des deux gardes du corps.

Un homme en costume abaisse la vitre du 4×4. Il porte des lunettes noires.

– Agent Renard, où se trouve la statuette que nous vous avons demandé de retrouver, moyennant rémunération ? demande-t-il d'une voix traînante.

– Vous l'aurez bientôt, monsieur, répond Scarlett. Désolée, monsieur.

– Je ne tolère pas les retards, agent Renard.

– Certes, monsieur. Navrée, monsieur. Ça ne se reproduira plus.

Tu te demandes où est passée la flamboyante Scarlett. Elle paraît bien humble tout à coup.

– Qu'est-ce qu'on fait du gamin ? demande l'un des deux molosses.

L'homme en costume te fixe du regard.

– Il pose problème, déclare-t-il en te désignant. Ce qui exige une solution, même radicale.

– Attendez ! s'écrie Scarlett. Utilisons cette grotte là-bas en guise de cellule, le temps que je récupère la statuette !

On te ligote les mains avec une corde, puis on te bande les yeux, avant de t'emmener dans un endroit froid et rempli d'écho.

– Assieds-toi, tais-toi et ne bouge pas ! grognent les gardes du corps.

Tu les entends s'éloigner lourdement.

Puis le 4×4 démarre et s'éloigne aussi.

Le temps passe. L'eau tombe goutte à goutte. Personne ne revient.

Alors que tu attends dans le noir, pitoyable, en te demandant que faire, tu reconnais soudain la voix de Guy Dangerous qui crie ton nom à l'extérieur. Les gardes t'ont ordonné de rester tranquille, mais vas-tu obéir ? Serait-ce un test ?

 Pour répondre à l'appel de Guy, file au 75.

Pour rester muet, va au 77.

Tu cours dans les galeries du temple, file tantôt à droite, tantôt à gauche, tout en essayant de te débarrasser de ce singe-démon géant. À chaque seconde, tu risques de t'engager dans une impasse et d'être pris au piège.

Au bout de l'un des tunnels, tu aperçois le clair de lune par une ouverture sur l'extérieur. Si tu parviens à sortir par là, tu es sauvé. Seul problème : l'accès est bloqué par une masse de lianes enchevêtrées.

Mais tu as la machette de Guy !

En quelques coups de lame, tu te fraies un chemin à travers cette barrière. Tu plonges au-dehors juste au moment où le singe-démon surgit à l'angle du mur derrière toi. Il te charge en rugissant.

Ton triomphe vire au désastre quand tu débouches sur un balcon en pierre. Tu es sorti, certes, mais tu ignores où aller. Le sol est bien trop bas au-dessous de toi.

– Hé ! Attrape ma main !

C'est la voix de Guy qui vient d'en haut. Tu lèves la tête et l'aperçois suspendu à une corniche. Il te tend la main. Tu la saisis avec gratitude, et il parvient à te soulever. Te voilà hors de danger. Le singe-démon déboule sur le balcon, trébuche et bascule par-dessus la rambarde en hurlant.

– Pile au bon moment ! dis-tu à Guy.

Il te sourit.

– Viens, partons d'ici !

La corniche où Guy t'a hissé jouxte un chemin à flanc de montagne. Tandis que tu commences à t'y engager, Guy pousse un cri de panique. Tu découvres horrifié que le singe-démon a passé un bras par-dessus le rebord et saisi Guy par la jambe ! Le monstre a dû se rattraper au balcon en chutant, avant de se redresser.

– Cours ! s'égosille Guy. Sauve ta peau !

Pour sauver ta peau, file au 69.

Pour tenter de sauver Guy, va au 66.

T u agrippes la statuette et tu t'enfuis sans te retourner. Le feu prend rapidement. En peu de temps, le versant de la montagne est en flammes.

La fumée et l'incendie attirent un avion qui survole le coin, et tu ne tardes pas à être sauvé. Tu n'arriveras jamais à la fête, mais après toutes les épreuves que tu as traversées, tu n'es pas franchement d'humeur à t'amuser. La statuette est confisquée et finit dans un musée. Tu reprends ta vie de tous les jours, mais des pensées coupables viennent te hanter. Tu dors mal. Tu essayes de ne pas songer à ce qui est arrivé à Scarlett. Puis, une nuit, en plein orage, quelqu'un vient frapper à ta porte. Une voix rauque à l'accent britannique te demande :

– Ça te dérange si je traîne dans les parages ?

Houlà ! Tout ça te donne carrément la chair de poule...

FIN

File au 2 pour retenter l'aventure !

– Je nous fais sortir d'ici ! t'écris-tu. On m'attend à une fête d'anniversaire !

Tu oublies l'équipe de tournage derrière toi et continues de survoler la jungle sur des kilomètres et des kilomètres, jusqu'à ce que tu parviennes enfin à une ville. À partir de là, tu peux te rendre à Palomar Beach. Scarlett appelle une équipe de secours pour aller récupérer Guy, qu'elle se sent coupable d'avoir abandonné.

Palomar Beach se révèle aussi fabuleuse que sur les brochures. Pendant tout un week-end, tu décompresses et fais la fête avec tes amis les plus proches : jeux de plage, bronzette, détente… Vous dévorez toutes les bonnes choses stockées dans le frigo. Vous faites du jet-ski dans les rouleaux et dormez à la belle étoile sur le sable chaud.

Puis le lundi, quelqu'un vient frapper à la porte. Ce sont des policiers. Ils n'ont pas l'air de plaisanter. Il se trouve que la société de production Zack Wonder n'apprécie pas qu'on lui vole son matériel. Te voilà privé de sortie pendant un LONG moment. Fini la rigolade !

FIN

File au 2 pour retenter l'aventure !

– **P**ar ici, Guy ! hurles-tu.

Tu t'armes de courage tout en te demandant si les vigiles vont rappliquer. Mais le seul son qui te parvient, c'est le cri de joie que pousse Guy en te voyant. Il te retire ton bandeau et tranche tes liens à l'aide d'un canif.

– Merci d'être revenu pour moi, lui dis-tu.

Guy te tend la gourde accrochée à sa ceinture pour que tu puisses te désaltérer.

– Tu aurais fait la même chose pour moi, répond-il.

Puis il pousse un soupir et ajoute :

– Désolé de m'être fait embobiner dans le coup monté de Scarlett. Je me sens vraiment coupable.

Ce qui confirme le reste : l'accident d'avion était bidon, songes-tu.

– Où sont Scarlett et les autres ? questionnes-tu.

– Ils ont filé. Je les ai vus partir à toute vitesse avec cette statuette à bord du 4×4. Ils vont décoller d'une minute à l'autre. Le patron de Scarlett a un avion privé qui l'attend sur la côte.

Tu réalises soudain qu'un truc ne colle pas.

– Si les gars de Scarlett sont bien équipés – 4×4, avion privé et tout le bazar –, comment se fait-il que vous ayez dû faire semblant de vous écraser en avion ? Pourquoi ne sont-ils pas simplement venus récupérer la statuette s'ils y tenaient tant ?

– Parce que la société de Scarlett n'a tout bonnement pas l'autorisation de partir à la course au trésor dans des pays étrangers, explique Guy. Une opération de sauvetage, en revanche...

Tu entends le bourdonnement lointain d'un avion. Guy et toi sortez et le regardez passer dans le ciel. *Scarlett est à bord,* songes-tu.

Guy te tapote l'épaule.

– Cette statuette porte malheur, petit. Tu es mieux loti sans elle, crois-moi.

Soudain, la foudre frappe l'avion. L'un des moteurs prend feu. L'appareil commence à perdre de l'altitude.

Guy et toi échangez un regard.

– Je pense que vous avez raison, Guy.

La dernière chose que tu vois de l'avion, c'est une traînée de fumée qui disparaît à l'horizon.

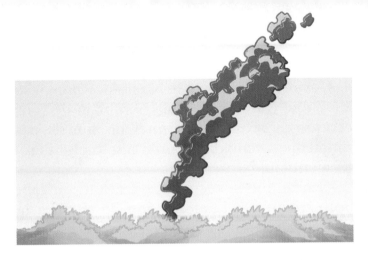

Dans les jours qui suivent, Guy et toi sortez peu à peu de la forêt vierge pour retrouver la civilisation.

Tu as des coups de soleil, la peau constellée de piqûres d'insectes et tu meurs de faim, mais tu es en vie ! Le fait d'avoir raté ta fête d'anniversaire est le cadet de tes soucis.

Bizarrement, aucune nouvelle de Scarlett aux infos. A-t-on étouffé l'épisode du crash aérien ou l'avion est-il parvenu à se poser sans encombre ? Est-elle de retour dans la jungle à présent, toujours cramponnée à la statuette et fuyant des singes-démons ?

Tu ne le sauras jamais... mais tu ne peux t'empêcher d'y penser.

FIN

File au 2 pour retenter l'aventure !

Même si c'est une menteuse dou-
blée d'une voleuse, tu ne peux pas
abandonner Scarlett. Tu poses la statuette au
bord du chemin, dans l'espoir de la récupérer
plus tard. Les arbres en flammes dégagent une
chaleur intense.

Tu passes le bras de Scarlett par-dessus
ton épaule, et vous partez ensemble, clopin-
clopant. Derrière toi, un arbre s'écroule dans
une gerbe d'étincelles. Au loin, tu entends le
hurlement sauvage du singe-démon.

– Dans quelle direction ? demandes-tu, haletant.

– En bas de... de la bu... butte, répond-elle,
essoufflée. Il y a une colonne en pierre brisée
à huit cents mètres environ. Tu ne peux pas la
louper. C'est là où on va.

– Pourquoi ? Qu'est-ce qu'il y a là-bas ?

– Ce qu'il faut pour quitter cet endroit !

Tout en lançant des regards par-dessus ton
épaule, au cas où le singe-démon vous suivrait,
tu aides Scarlett à s'éloigner de la jungle
embrasée pour gagner la pénombre et la fraî-
cheur, en bas de la butte.

Tu repères alors la fameuse colonne brisée au
milieu d'un bouquet d'arbres drapés de lianes.

File au 71.

*G*uy crie ton nom plusieurs fois et semble perdre espoir. Finalement, il abandonne.

Tu restes prisonnier un long moment. Après une dizaine d'heures environ, tu devines que les gardes du corps ne reviendront pas. Tu as certes les yeux bandés et les mains ligotées, mais tu peux quand même marcher. Voire courir !

Tu te relèves et te diriges d'un pas chancelant vers ce que tu espères être la sortie. Heureusement, tu te retrouves à l'extérieur. Malheureusement, un singe-démon t'attend. Il te cueille au passage comme si tu étais une grosse banane.
Miam ! Miam !

FIN

File au 2 pour retenter l'aventure !

– **V**ous tenez tellement à cette statuette, Scarlett ? Eh bien, prenez-là ! t'exclames-tu en lui collant l'objet dans les mains, avant de t'enfuir en courant comme un fou.

L'espace d'une fabuleuse poignée de secondes, elle ne sait pas trop si elle doit la garder ou s'en débarrasser. Puis, comme si quelqu'un venait de donner un coup de sifflet, tous les singes-démons se précipitent sur elle en hurlant.

Tu entends la bagarre derrière toi, les monstres qui poussent des cris stridents, Guy qui lâche des jurons, Scarlett qui hurle à tue-tête, sans parler des gardes du corps qui distribuent coups de poing et coups de pied. Mais ils devront se débrouiller sans toi, puisque tu es déjà très loin.

Juste au moment d'arriver à une intersection en pleine jungle, tu entends quelqu'un t'appeler.

– Hé ! Attends !

C'est Karma Lee, couverte d'égratignures ensanglantées, mais toujours en vie.

– Tu prévoyais d'explorer cette forêt tout seul, c'est ça ? plaisante-t-elle.

– Qu'est-ce qui s'est passé là-bas ? Guy et Scarlett... vont bien ? demandes-tu.

– Pour l'instant, répond-elle comme si ça n'avait pas vraiment d'importance. Je crois qu'ils essayent de rejoindre l'hélicoptère qui stationne quelque part pas loin. Mais, de toi à moi, je pense que les singes-démons l'ont déjà mis hors-service.

– Alors, que fait-on maintenant ? interroges-tu.

– On continue. Je t'ai déjà dit qu'on formait une bonne équipe. Si on se protège mutuellement, on survivra !

Et l'aventure débute ainsi. Au cours des sept semaines qui vont suivre, Karma Lee et toi allez traverser la jungle et découvrir encore plus de ruines, de sépultures inconnues, de statues effrayantes ainsi que des salles remplies de momies toutes flétries. Vous échapperez à des créatures bizarres qui ont la tête à l'envers, des monstres velus mi-hommes mi-chauves-souris, et même au légendaire Chupacabra. Lorsque vous retrouvez enfin la civilisation, vous avez suffisamment d'histoires à raconter pour toute une vie. *Un jour, Hollywood en fera un film,* songes-tu.

Mais après toutes ces péripéties, tu ne sais toujours pas ce qu'est devenue la statuette dorée...

FIN

File au 2 pour retenter l'aventure !

*T*u cours dans les galeries du temple, avec la pesante statuette dans tes bras, et le singe-démon qui te talonne de près. Son cri inhumain te transperce les oreilles. Tu dois à tout prix le semer, sinon ce monstre ne fera de toi qu'une bouchée !

Peut-être que le talisman de Karma Lee peut t'aider. Tu l'attrapes, tout en courant, et souhaites très fort, comme tu ne l'as jamais fait, que la chance te sourie là maintenant.

Génial... Un peu plus loin, tu aperçois un pont branlant qui enjambe un gouffre. Tout l'inverse de la bonne fortune, apparemment. Comme tu n'as pas d'autre endroit où aller, tu te lances comme un fou à l'assaut du pont. Le singe-démon bondit juste derrière toi, fait un vol plané pour t'attraper... et transperce violemment l'ancien pont délabré. Tu jettes un coup d'œil par-dessus ton épaule et ne vois rien d'autres que des planches qui dégringolent dans le vide. Le monstre a disparu !

Et comme si tu n'avais pas suffisamment de chance, le prochain virage t'entraîne à flanc de montagne. Te voilà sur un sentier étroit qui longe un précipice vertigineux, mais tu es sain et sauf, et tu as toujours la statuette. Tu inspires un grand coup et prends un bon bol d'air frais.

— Je t'ai retrouvé ! s'écrie Karma Lee en courant vers toi. Ravie que tu aies pu t'en sortir. Est-ce que c'est... la statuette ? J'ai tellement entendu parler de ce trésor.

— Ça m'en a tout l'air. Je ne pense pas que le singe-démon ait apprécié que je m'en empare, en revanche !

Karma hausse les épaules.

— Eh bien, de toute manière, il est trop tard pour la lui rendre. Viens ! On doit sortir de cette cité perdue, et ces monstres ne vont pas cesser de nous pourchasser.

Tu cours derrière elle en fuyant les ruines pour revenir dans la jungle. Tu réalises en frissonnant que tu ne cours pas uniquement pour rejoindre la civilisation... mais pour sauver ta peau !

Vous avancez toujours à flanc de montagne le long d'une étroite corniche rocheuse qui s'effrite. Plus loin, sur la droite, se dessine l'entrée sombre d'une grotte. Au-dessous, la forêt vierge se déploie à perte de vue. Karma t'attrape par l'épaule et t'indique une portion de jungle éclairée. Tu jurerais que ce sont des projecteurs.

Pour entrer dans la grotte, file au 51.

Pour continuer vers la portion de jungle éclairée, va au 57.

– **M**erci. Je savais que tu étais un ado raisonnable.

Dès qu'elle a la statuette, Scarlett devient tout sucre tout miel. Elle est aussi fidèle à sa parole. Même les vigiles en uniforme te traitent correctement, dès qu'ils comprennent que tu ne leur causeras pas d'ennuis.

Tandis que le soleil se lève sur la jungle, un hélicoptère noir se profile dans le ciel. Il se pose au beau milieu du campement, et tout le monde grimpe à bord.

On te dépose à ta fête d'anniversaire. Tu vois tes meilleurs amis se précipiter vers l'hélico en criant et en agitant les bras. Super ! Bientôt, tu auras quasiment oublié tes mésaventures dans la jungle en retrouvant tous tes copains, le fabuleux buffet garni, la plage et le soleil.

Tu n'entends plus jamais parler de la statuette. Tu espères seulement que son étrange magie ne fera pas des siennes dans le monde extérieur... Toutefois, tu ne peux t'empêcher de penser que tu aurais peut-être dû la conserver. Où est partie Karma ? Et Guy, qu'est-il devenu ?

FIN

File au 2 pour retenter l'aventure !

Vous longez lentement le périmètre du camp de base en vous efforçant d'être les plus discrets possible. Tout à coup, des Klaxon se mettent à retentir, et des projecteurs s'allument tout autour de vous. La petite armée rentre du temple de bonne heure ! Karma et toi vous figez sur place, tandis que des gens affluent de tous côtés. L'endroit semble soudain le plus peuplé de la jungle.

– Plus un geste ! hurle Scarlett Fox en accourant.

Un groupe de brutes en tenue de combat rapplique avec elle. Ils ont tous l'air prêts à en découdre. Ce n'est pas bon signe.

Guy Dangerous surgit alors de la direction opposée, un linge déchiré autour de la tête et une machette à la main.

– Éloigne-toi, Scarlett ! s'exclame-t-il. Laisse le gamin tranquille ! Si tu veux ta précieuse statuette, tu vas devoir marchander.

– Et si je la récupère par la force ? réplique-t-elle en penchant la tête sur le côté.

– Alors il faudra me passer sur le corps ! riposte Guy en vous rejoignant.

– Et sur le mien ! renchérit Karma qui bondit et se met en position de combat.

Brusquement, les gardes du corps n'ont plus l'air aussi agressifs que l'instant d'avant.

Scarlett pousse un long soupir et porte la main à son front.

– Pourquoi faut-il que les choses soient aussi compliquées ?

Un rugissement dans les arbres voisins t'indique que la situation va devenir encore plus inextricable.

De toutes parts, des singes-démons à tête de mort dégringolent des feuillages. D'abord un, puis deux, puis trois... avant de déferler par centaines ! Ils s'approchent de plus en plus et vous encerclent, toi, Guy, Karma, Scarlett et les gardes du corps.

Une rangée de têtes de mort aux yeux noirs te dévisage. Ils peupleront longtemps tes futurs cauchemars... Si toutefois tu parviens à sortir d'ici vivant, ce qui semble peu probable.

– Ça change tout... dit Karma.

– Ouais, approuve Guy. C'est même pire qu'avant...

– J'imagine qu'on est tous dans le même camp maintenant ? lances-tu à Scarlett.

Elle brandit alors ses mains vides et crie aux singes-démons :

– Je n'ai pas votre idole, vous comprenez ? Je ne l'ai pas dérobée ! Ce n'est pas moi que vous voulez, mais eux !

Les monstres ont l'air de s'en moquer. Ils continuent d'avancer. Tu es quasiment cerné de toutes parts à présent. Partout où tu poses ton regard, tu vois une véritable marée de créatures effroyables. Il n'y a qu'une seule brèche dans le cercle qui se referme de plus en plus vite.

– La statuette est la clé, te glisse Karma d'une voix pressante. Tu dois vite te décider !

Tu lances la statuette dans les pattes des singes-démons ? Rends-toi au 83.

Tu la remets à Scarlett ? Va au 78.

Ou alors tu la gardes avec toi et cours pour sauver ta peau en te glissant dans la brèche ? File au 84.

Tu comptes *un, deux, trois...* puis tu te mets à courir, en écartant Scarlett comme un footballeur américain sur le terrain.

Elle n'en revient pas et se met à hurler :

– Non, mais J'HALLUCINE !

Tu traverses le camp au pas de charge. Les gardes t'observent, médusés, filer sous leur nez. Scarlett se lance à ta poursuite en criant à tue-tête :

– Espèce d'imbécile ! Où crois-tu pouvoir fuir ?

Tu ne prends pas la peine de lui répondre. Tu continues simplement à courir, loin des projecteurs, et retrouves peu à peu l'obscurité troublante de la jungle. Derrière toi, tu entends Scarlett ordonner à ses hommes de main de t'attraper, de t'arrêter et de récupérer cette satanée statuette !

– Allez, Karma ! J'ai besoin de toi ! supplies-tu, haletant.

Le soleil va bientôt se lever. Tu as un peu dormi, et la nourriture que tu as consommée te donne de l'énergie. Un peu plus loin, tu aperçois une silhouette sur une corniche. Karma ? Non... c'est Guy ! Tu n'as pas d'autre choix que de lui faire confiance.

– Par ici ! s'exclame-t-il. Descends vers la rivière !

La statuette bien en sécurité sous ton bras, tu suis la direction indiquée. Les gardes du corps sont à tes trousses maintenant. Tu entends l'un d'eux lâcher un juron en se cognant à une branche basse. Les arbres, ça fait mal ! Un autre, plus rapide que ses collègues, est sur le point de te rattraper. Tu avancerais plus vite si tu te débarrassais de la statuette... mais tu ne peux t'y résoudre.

Tu entends alors un cri familier, un craquement vif, et le vigile dégringole à terre, inconscient. Karma Lee t'a rejoint et court à tes côtés.

– Mieux vaut tard que jamais ! te dit-elle.

Guy vous guide tous les deux vers la rivière, où il a caché un canot pneumatique à moteur. Il démarre du premier coup. Ensemble, vous fuyez la jungle en laissant Scarlett sur la berge, les mains vides et écumant de rage.

Tu as réussi ! Mais tu te demandes comment s'achève l'histoire de Scarlett... Pour le découvrir, tu vas devoir retenter ta chance.

FIN

File au 2 pour retenter l'aventure !

– **O**K. Espérons que ça marche !

Tu ramènes tes bras en arrière et *hop !* Tu lances la statuette le plus fort possible. Les singes-démons la récupèrent et la portent en triomphe sur leurs épaules velues, comme des footballeurs félicitant un joueur qui vient de marquer un but. Ils émettent des sifflements stridents d'enthousiasme.

– Courez ! hurle Guy. Ils sont distraits par leur idole !

Tu décampes aussitôt. Scarlett, Guy et Karma partent en tête, tu les talonnes, et les gardes du corps ferment la marche. Certains d'entre eux trébuchent et s'étalent par terre, d'autres chutent dans des pièges, mais tu n'as pas le temps de voir s'ils s'en sortent. Tu dois à tout prix t'échapper vivant de cette forêt vierge.

Finalement, vous arrivez dans une clairière où stationne un hélicoptère noir. Scarlett le fait démarrer en maugréant contre cette « satanée » statue : son patron va la massacrer pour être revenue les mains vides !

– Pas si vite ! l'arrête Guy. Ton rendez-vous avec ton patron peut attendre. Tu dois d'abord nous emmener à une fête d'anniversaire, tu te souviens ?

Scarlett le dévisage.

– Non, mais tu rigoles ! Ça faisait juste partie du scénario officiel !

– Très bien, alors pousse-toi et laisse-moi piloter !

Et il conduit... Enfin, il *décolle* et insiste pour t'emmener en hélico jusqu'à Palomar Beach, si bien que tu y arriveras à temps pour ta fête.

Avec le recul, tu te rends compte que tu t'es bien débrouillé. Tu as peut-être fui la jungle sans la statuette, mais ta fête compte une invitée supplémentaire en la personne de Karma Lee. Elle participe à toutes les activités, depuis la *piñata* qu'elle transperce d'un seul coup de pied jusqu'à la fabuleuse course au trésor... et heureusement, celle-ci ne compte aucun singe-démon.

FIN

File au 2 pour retenter l'aventure !

La statuette sous le bras, tu cours. Et tu ne t'arrêtes jamais, pas une seule fois.

Tu traverses la jungle en zigzaguant entre les arbres. Tu parviens à un chemin dallé, tu sautes dessus et cours tout du long. Lorsqu'un embranchement se présente, tu choisis une direction et obliques sur une nouvelle voie.

Tu bondis par-dessus des pièges, esquives les lames qui cinglent l'air et te glisses sous des barrières en pierre. Tu sautes par-dessus des portions de route effondrées. Bientôt, tu ne sais plus combien de temps s'est écoulé depuis la dernière fois que tu as mangé ou bu.

Le soleil se couche. Tu continues de courir. Le soleil se lève. Tu cours toujours. Le lendemain, même combat. D'où te vient cette énergie ? Peut-être que c'est la magie de la statuette qui te permet d'avancer, encore et toujours. En tout cas, tu sais une chose : si tu t'arrêtes ou si tu ralentis, *il* va t'attraper. Tu ne sais pas trop s'il s'agit d'un unique singe-démon gigantesque ou d'une bande de monstres semblables plus petits, mais il(s) sui(ven)t ta trace depuis longtemps et ne s'arrêtera/ont pas de te pourchasser.

Tu n'as aucun moyen de mesurer le temps qui passe. Finalement, tout se fond en une seule journée. Tu détiens la statuette et tu cours. Et c'est tout ce qui compte.

Parfois, sur les longues portions de chemin dallé, tu crois te souvenir de la personne que tu étais. Tu devais te rendre à une fête ? Il y avait un certain Guy et une dénommée Scarlett ? Un accident d'avion... puis tu oublies tout à nouveau.

Tu es condamné à courir éternellement : reprends ce chapitre au début !

Tu as aimé cette aventure ?
Tourne vite la page pour découvrir
ce qui t'attend !

PAPIER À BASE DE
FIBRES CERTIFIÉES

⊟ hachette s'engage pour
l'environnement en réduisant
l'empreinte carbone de ses livres.
Celle de cet exemplaire est de :
600 g éq. CO$_2$
Rendez-vous sur
www.hachette-durable.fr

Photogravure Nord Compo - Villeneuve-d'Ascq

Imprimé en Roumanie par G. Canale & C. S.A.
Dépôt légal : janvier 2015
Achevé d'imprimer : décembre 2015
80.1119.8/02 – ISBN 978-2-01-401848-6
Loi n° 49956 du 16 juillet 1949
sur les publications destinées à la jeunesse